邪悪な聖女は白すぎる結婚のち溺愛なんて信じない

愛されたいと叫んだら、無関心王子が甘々にキャラ変しました

JN118298

西根羽南

H A N A M I N I S H I N E

一迅社文庫アイリス

CONTENTS

ウィリアム・クード
第三王子で、アデルの夫。聖剣の主。聖剣なしでも剣豪。絶世の美青年で、物腰柔らかく優しい王子として人気。結婚後、妻に無関心だったが……。
アデル・クード
黒の聖女。ウィリアムの妃だが、夫とは清い関係。もともとは平民で、聖女として目覚めたのは14歳の時。四色の聖女の中で最も魔力が強い。

邪悪な聖女は白すぎる結婚のち溺愛なんて信じない

愛されたいと叫んだら、無関心王子が甘々にキャラ変しました

CHARACTERS

ゾーイ・アッシャー

青の聖女。アデルが世話になっていた養護施設の元院長で、母親のような存在。

ジュディ・マッカラン

黄の聖女。男爵令嬢。聖女になったばかりの7歳。アデルとゾーイを慕っている。

ブリアナ・リントン

赤の聖女。侯爵令嬢でウィリアムの婚約者候補の一人だった。アデルを嫌っている。

ダドリー・クード

第二王子で、ウィリアムの兄。何かとアデルにかまってくる。

イラストレーション◆由貴海里

The evil saint can't believe blind love after fake marriage

邪悪な聖女は白すぎる結婚のち溺愛なんて信じない

愛されたいと叫んだら、無関心王子が甘々にキャラ変しました

プロローグ

「邪悪な聖女、アデル・クードを追放すべきです！」

淡い光の球を放つ大きな灰色の石柱がそびえる広間。華やかな舞踏会の会場に、その声は響き渡る。

……うわあ、面倒くさい。

衆目の中で名前を叫ばれたアデルが小さく息をつくと、淡い金の髪が微《かす》かに揺れて光を弾《はじ》く。

聖女として巡礼から戻ったのは昼前のこと。本当ならば、ゆっくりと休みたい。だが石柱への感謝の祈りを捧げる式典である以上、理由もなく欠席するわけにはいかなかった。

ずっと動き続けているおかげで、控えめに言って疲労困憊《こんぱい》。やり遂げた満足感と疲れから来る妙な高揚でお酒を飲んだのがいけなかった。さっさと自室に戻っていれば、今頃は暖かい毛布の中だったのに。

後悔先に立たずとは、まさにこのことである。

アデルの目の前に立つ黒髪の少女は、同じく聖女であるブリアナ・リントン。そのブリアナが勝ち誇った顔で腕に縋《すが》りついているのは、ダドリー・クード第二王子だ。

まるで浮気の末に新しい相手に乗り換えた恋人と調子に乗る浮気相手のような構図だが、アデルにとっては義理の兄と同僚でしかない。いちゃつくのも叫ぶのも勝手にしてほしいが、その内容には少しばかり不満がある。

この国では聖女が石柱に祈りを捧《ささ》げることで守護の結界を維持しており、魔物に対する防衛の要と言ってもいい。国中を回って石柱に祈りを捧げる巡礼ができるのは、四人の聖女だけ。

聖女はその祈りによって石柱の色を変えることから四色の聖女とも呼ばれており、アデルはその中の黒の聖女、ブリアナは赤の聖女の名を与えられていた。

「……給料泥棒的な意味合いでは、赤の聖女の方が邪悪だと思いますが」

聖女という立場は同じはずなのに業務内容の偏りは著しく、ブリアナは過去一度たりとも巡礼に出たことがない。

「王子妃としての社交をろくにこなせていないのは、間違いないな」

「最近、王都の周辺に魔物が増えているのは、邪悪な聖女のせいですわ」

アデルの言葉を完全無視するダドリーとブリアナを、周囲の貴族達も少し遠巻きにして見ている。三角関係からの愛憎劇が始まるでもなく、さりとて不穏なことに変わらず。気にはなるけれど関わりたくない、と全員の顔に書いてある。

そもそもアデルは巡礼で王都を離れていることが多いので、貴族と社交など無理な話だ。他の聖女の祈りで結界は維持されているのだから、魔物が増えるはずもない。まったく言いがかりも甚だしい。

「今からでも自ら王子妃と聖女の位を返上すれば、少しは罪が軽くなるかもしれませんよ？」

罪って、何だ。

数年間アデル一人で巡礼に励んだことのどこに罪があるのか、無駄にきらめく宝石だらけの豪華な髪飾りが乗った頭を叩《たた》いて問い詰めたい。

ブリアナにアデルを裁く権限などひとかけらも存在しないし、仮にあっても冤罪《えんざい》。

自分は最低限しか聖女の務めを果たさないくせに、返り討ちに遭う可能性を何故《なぜ》考えないのだろう。

呆《あき》れと苛立《いらだ》ちと疲労が混じって、ため息しか出てこない。

自らの口から放たれるアルコール臭に更なるため息がこぼれるし、心なしか目が回ってきた。甘くて飲みやすかったけれど、強いお酒だったのかもしれない。

四人の聖女のうち黄の聖女は幼いので夜の舞踏会には出られないし、青の聖女は体調不良で不参加。残るはアデルとブリアナの二人。巡礼から戻って疲れきっている上に、擁護してくれそうな他の聖女がいないこの場で絡んでくるのだから、本当にうっとうしい。

「そもそも、何をもって邪悪だと言うのですか？」

「あなたの魔力は石柱を黒く染めます。黒ですよ？　誰がどう見ても邪悪でしかありません」

「それを言ったら、赤の聖女は真っ赤な血の色に染めるのですよね。血まみれですね」

「まあ、何という恐ろしい発想。色だけで決めつけるなんて、やはり邪悪な聖女は違いますわ」

自信満々でブーメラン発言をするブリアナが滑稽で、もはや反論する気も起きない。

アデルは残っていたお酒を一気に飲み干すと、近くのテーブルに勢いよくグラスを置いた。

「……馬鹿らしい」

「何ですって⁉」

正直な感想がアデルの口からこぼれ、それを聞いたブリアナの表情がさっと曇る。

聖女として日々祈りを捧げ、休みなく国中を巡礼して回る日々。聖女だからという理由で結婚したのは聖剣の主である第三王子だが、結婚式の誓いのキスすらせず、初夜も形だけ取り繕ってすぐに別居。今日だって数ヶ月ぶりに王都に戻ったのに舞踏会のエスコートもないどころか、まだ姿さえ見えない。

白い結婚にしても白すぎたけれど、その結果がこれか。

本当に、馬鹿みたいだ。

「聖女五年、結婚一年。私は十分頑張りました。もう我慢しなくてもいいですよね？」

ブリアナとダドリーの訝《いぶか》しげな視線を受けて、アデルはにこりと微笑《ほほえ》んだ。

「私が邪悪な聖女だと言うのなら——期待に応えて、暴れて差し上げます」

その言葉を合図に魔力が溢《あふ》れ、淡い光の出現と共にアデルの金の髪が揺れる。アデルを中心に一陣の風が吹き抜けると、テーブルの上に置かれた花瓶やグラスが次々と倒れた。そのまま床に落ちて割れる音が響き、飛び散る破片が光を弾いてキラキラと輝く。

右手の拳を握りしめると魔力が集まり、迸《ほとばし》る光の眩《まぶ》しさにアデルは少しだけ目を細めた。

舞踏会に相応《ふさわ》しい華やかさだが、電流がバチバチと走っているおかげか悲鳴も上がってちょっとうるさい。

「き、騎士は何をしているのです。この女を取り押さえて！」

数名の騎士がアデルに向かって駆け寄ってきたので拳を振り下ろすと、同時に魔力と光が渦になって騎士とテーブルをまとめて吹き飛ばした。

何かが割れる音、誰かが逃げ出す靴音、甲高い悲鳴。

それらを目の当たりにしたダドリーが、ゆっくりと踵《きびす》を返して離れようとするのが目に入る。

「あら。邪悪な聖女から逃げられるとお思いですかぁ？」

「いや、待て、待てっ⁉」

拳と共に放たれた魔力とそれに伴う光に吹き飛ばされたダドリーが、逃げ惑う貴族の中に頭から突っ込む。すると遅れて吹き抜ける風が香ばしい肉の香りを運び、アデルの鼻をくすぐった。

そういえば、王都に戻ってすぐに式典の準備をしていたので何も食べていない。疲労と空腹の状態でお酒を飲んだのだから、酔いが回るのも納得である。

「きゃあああ⁉　こっちに来ないでえ！」

腰が抜けたらしいブリアナが石柱の根元に縋りつく様は、まるで木にしがみついて鳴き続ける蟬《せみ》。どうせならもっと上の方で堂々と鳴けばいいのに、聖女だけでなく蟬としても適当な仕事ぶりである。

石柱を見ていてふと良案が閃《ひらめ》いたアデルは、黒瑪瑙《めのう》の瞳を輝かせながら手を叩いた。

「ああ、そうだ。邪悪な聖女の魔力なんて、不要ですよねぇ」

そのまま、ゆっくりと石柱に近付く。何だか頭も足元もふわふわしていて、謎の高揚感で楽しくなってきた。

「ひいいいい！」

情けない声を上げながらブリアナが這《は》って逃げ出そうとしているが、もはやそこに興味はない。死にかけの蟬は、大人しく地面にひっくり返っていればいいのだ。

「——これは一体、何事ですか⁉」

騒がしい会場内でもよく通る声に顔を向ければ、そこにいたのは銀の髪の美青年——ウィリアム・クード第三王子。実に数ヶ月ぶりの、夫との対面である。

聖女と第二王子が公衆の面前で追放を宣言したのだから、夫である第三王子が知らないとは考えにくい。

……ということはウィリアムもまた、アデルとの離婚と追放を望んでいる可能性が高い。

そう思った途端に、先程までの楽しい気持ちが一瞬で空《むな》しさに塗り替えられていく。お酒が情緒のブレーキを破壊しているらしくちょっと涙ぐんでしまうが、こんなところで泣いてたまるものか。

アデルは精一杯の力を振り絞って、ウィリアムに向かって微笑んだ。

「聖女の位の剥奪も、離婚も承知しました！　でも出て行く前に、私の魔力は返してもらいますから！」

「離婚⁉」

ウィリアムが変な声を上げながらこちらに向かってくる。出て行くと言っているのに、それを待てずに自ら摘まみ出したいのだろうか。どれだけ嫌われているのだと情けなくなるが、今更どうでもいい。

普段は祈りを捧げ、魔力を注ぐ、守護の石柱。その滑らかで冷たい表面に触れると、そのまま魔力で包み込み、反転させて自身の身に吸い込んだ。

石柱の中に溜《た》め込まれている魔力のうちアデルのものだけを回収しているので、結界に不備が出ることはない。だから安心なのだが、しばらく巡礼で離れていた割に溜まっている魔力が多くてなかなか終わりが見えない。余波で周囲には暴風が吹き荒れ、どこが光っているのかもよくわからない閃光《せんこう》が眩しい。

ようやく魔力の移動が終わり風と光が消え去った頃には、石柱はくすんだ灰色に変化してふわふわと漂う光の球も消えていた。

満足したアデルがくるりと踵を返すと、舞踏会会場は嵐が通り過ぎたかのように荒れている。

魔力が一気に体内を駆け巡ったせいで、更に酔いが回ったのだろうか。とても目を開けていられないし、自分の体を支えることができない。よろよろと後ろに下がって石柱に背がぶつかると、そのまま力が抜けていく。

「――アデル！」

銀の髪を揺らしてウィリアムが駆け寄り、アデルを抱き上げると心配そうに覗《のぞ》き込んだ。

……これは相当酔いが回っているようだ。

ウィリアムがこんな風にアデルに触れることなんてないのだから、既に眠っているか幻覚が見えているのだろう。

「ああ、離婚しないと」

その呟《つぶや》きに、ウィリアムの美しい眉が悲しそうに顰《ひそ》められる。こんな至近距離でも完全再現できるとは、アデルの幻覚の精度が素晴らしい。

「離婚は、しません」

静かな言葉に、今度はアデルの眉間に盛大に皺《しわ》が寄る。

前言撤回、幻覚の出来が悪すぎる。ここは淡々と「そうしましょう」か、笑顔で「やった」が正解だ。

この一年の白い結婚をまったく活かしきれていない幻覚に、だんだん腹が立ってきた。

「離婚するの！　私だって、普通の結婚生活を送りたかったのに！」

熱愛や溺愛なんて求めていない。ごく普通に結婚式を終えて、笑顔で挨拶を交わして過ごせたら、それだけで良かったのに。

「私だって愛されたい！　――愛されたいの！」

もはや誰にあてたわけでもない、ただの不満の爆発。子供の癇癪《かんしゃく》と同じだ。

いくらポンコツな幻覚でもウィリアムは引いているだろうが、もうアデルの意識も遠のいてきたのでどちらにしてもお別れだ。

「それなら、俺が――俺がアデルを愛します！」

ぽかんと口を開けて驚いたウィリアムが、何か叫んだような気がする。

だが既にアデルの意識は泥のような睡魔に飲み込まれており、その声は届かなかった。

第一章　白すぎる結婚からの愛する宣言

……体が重いし、熱い。

ゆっくりと瞼《まぶた》を開けると、そこは王宮の中にある自室。部屋に差し込む光からして、今は朝だろうか。よく憶《おぼ》えていないが、どうやら自分でベッドに戻ったらしい。

手を伸ばして見れば、かすれた視界でもその指先にまで魔力が満ちているのがわかる。守護の石柱から魔力を取り出したのは、残念ながら夢ではなかったようだ。

疲労困憊《こんぱい》な上に空腹の状態でお酒を飲んだせいで、おかしな酔い方をしてしまった。色々言いたいことはあるけれど、結果だけを見ればアデルは聖女と王子に追放宣言された上に舞踏会で暴れた迷惑な人間。王宮に住んでいるのは、黒の聖女であり王子妃だから。その両方を失うのならば、ここを出て行かなければならない。

肩書にも王宮にも未練はないが、聖女という名前を失《な》くしても石柱に祈りを捧《ささ》げられるのかだけは、確認しておかなければ。

少し目が回る頭を押さえながら、アデルはゆっくりと上体を起こした。

「目が覚めましたか」

「ひっ⁉」

想定外の声に思わず悲鳴を上げると、ベッドの横の椅子に座ってこちらを見ている人影にようやく気が付く。

月の光を紡いだかのような神々しい銀の髪、夜空のように深い瑠璃色の瞳。神が創造できる最高のものを集めたと言われても納得の整った容姿の青年は、アデルをじっと見つめると何故《なぜ》かほっとした様子で小さく息をついた。

一応は夫という立場のウィリアムだが、今までアデルの寝室はもちろん黒の聖女の宮にすらほとんど来たことがない。それなのに一体何故ここにいるのだろう。

「具合はどうですか？」

……具合。

具合とは、アデルの体調で。それを聞くのは、気にかけているという証明。

つまり、アデルを心配しているということになる。

新雪よりも真っ白な結婚だったとはいえ、別に積極的に虐げられていたわけではない。だから体調を気遣うのも決しておかしくはないのだが、今までの無関心ぶりを考えると違和感が拭えない。

「熱はありませんよね？」

そう言って伸ばされた肌荒れ一つない美しい指先をぼんやり見ていると、そのままアデルの額にそっと触れた。優しく撫《な》でるような感触に、一気に思考が現実に引き戻される。

「あ、ありませんっ！」

少し上擦った声を上げながら慌てて体を引くと、ウィリアムは困ったように微笑《ほほえ》んで手を引いた。

――触った。

エスコート以外では手にすら触れないウィリアムが、頼んでもいないのにアデルに触れた。普通の夫婦ならば日常動作の一つであろうそれが、アデルにとってはまさに青天の霹靂《へきれき》。これは何かあったに違いない。

もしかするとアデルが吹き飛ばした諸々《もろもろ》が頭にぶつかったのか。あるいは放出された魔力を浴びて酔っているのかもしれない。ウィリアムは聖剣の主なので一般人とは比べるべくもない力を持っているが、魔力的な方向に弱い可能性はある。

何にしても非日常で異常事態の非常事態。正気に戻ったウィリアムのことを考えれば、できるだけ早く距離を取った方がいいだろう。

だが何と声をかけるべきか悩むアデルを尻目に、ウィリアムは水差しを手にしてコップに水を注ぐと、それをアデルに差し出した。

「どうぞ」

「あ、ありがとうございます」

勢いに押されてコップを受け取ってしまい、そのまま水を飲む。寝起きの体に冷たい水が染み渡るようだ。とても美味《おい》しいのだがしかし、ウィリアムがそこにいるというだけで落ち着かない。さっさと出て行ってほしいけれど、さすがにそれを直接言うのは憚《はばか》られる。

どうにか自然に、穏便かつ平和的に退出を促す良い言葉はないものだろうか。

……というか、本当に何故ここにいるのだろう？

とにかくベッドからおりようとすると、アデルの手を塞いでいたコップをウィリアムが受け取って机に置く。そのままベッドの横にスリッパを用意し、どこからともなく出してきたショールをそっとアデルの肩にかけた。それはもう熟練の侍女も真っ青の、完璧なタイミングである。

その流れるように自然でありながら不自然極まりない行動に、アデルは固まった。

ウィリアムは、王子だ。生粋の王族であり、更に聖剣の主でもある。

他者に傅《かしず》かれることはあっても、その世話をするようなことはない。絶対にない。

それが何故、形だけの妻であるアデルの世話をしているのだろう。しかもめちゃくちゃ手際がいいのだから、意味がわからない。

すると硬直したアデルに気が付いたらしいウィリアムが、少し困ったように目を伏せた。

「すみません。俺に触れられるのは嫌でしたか？」

「い、いいえ。嫌というわけではなくて」

ただ、謎すぎて怖いだけだ。するとアデルの一言に、ウィリアムの顔がたちまち綻んでいく。背後に幻の花でも見えてきそうな微笑みに、何と美しいのだろうと思わず感嘆の息が漏れた。

「安心しました。では、アデルに触れてもいいのですね」

「え？」

瞳の輝きに気を取られていたが、ウィリアムが何か変なことを言ったような気がする。

「嬉《うれ》しいです、アデル」

何が、と聞くよりも早くウィリアムはアデルの手をすくい取り、その甲にそっと唇を落とした。

「ひいっ⁉」

物語の絵のような美しすぎる光景、ふわりと鼻をくすぐるいい香り、さらさらと揺れる銀の髪、その間からアデルを射抜く瑠璃色の瞳。何もかもが理解を超えている。

色々と言いたいことも聞きたいこともあるのだが、衝撃と混乱が大勝利を収めてそれ以上言葉にならない。

「もう起きられるのなら、支度をしないといけませんね。侍女を呼んできます」

満面の笑みで部屋を出て行くウィリアムの背を、アデルはただ呆然《ぼうぜん》と見送ることしかできない。

この結婚は聖女を囲い込むための鎖。

夫であるウィリアムはずっとアデルには無関心で、白すぎるくらい白い結婚生活だったのに。

——これは一体、どういうこと!?


この国には英雄と呼ばれる存在が二つある。

一つは、聖女。

石柱に祈りを捧げることで守護の結界を維持する、魔物に対する防衛の要。国中の石柱に祈りを捧げる巡礼ができるのは、四人の聖女だけだ。

そしてもう一つが、聖剣の主。

無類の攻撃力を誇る、聖剣という名の剣の正当な持ち主である。

石柱に出向いて判定を受ける聖女とは逆に、聖剣の方が主を選んでその元に赴くといわれている。

その存在が確認されるか否かは別にして、聖女は常に四人存在する。それに対して聖剣の主は必ずしも現れない上に一人だけだ。

この二つの存在は一応神殿に属しているが、正確に言えば神に仕える聖職者ではなく、神の使いという扱いになる。しかも遺伝によってその特殊な能力が引き継がれることも多いので、結婚が推奨されていた。

聖女は王侯貴族と縁組されることが多く、そういう意味ではアデルとウィリアムの結婚は国として当然の流れで進められたもの。

……要は、囲い込みである。

アデルはもともと平民生まれで、孤児になったところを聖女の力が目覚めて拾われた。

聖女の役目を果たすこと自体は苦ではないし、美貌の王子と結婚するとなれば特に悪い要素が見当たらない。ウィリアムは見目麗しいばかりでなく紳士という、絵に描いたような王子様。世の女性垂涎《すいぜん》のお相手だ。

だがウィリアムからすれば身分卑しい女と勝手に決められた結婚。王命に従うしかないウィリアムの心中を思えば、申し訳ない限りだ。巡礼の途中で何度か一緒に行動したこともあり、物腰柔らかないい人であることもわかっているから、なおつらい。

互いに聖女と聖剣の主である以上、自由意志での結婚は諦めざるを得ない。

それでも負担を少しでも減らしてあげたいと思ったアデルは、挙式の前にウィリアムのいる部屋を訪ねた。

「私は聖女として働くので、どうぞお構いなく」

そう言って精一杯の笑みを浮かべると、ウィリアムは瑠璃色の瞳がこぼれ落ちるのではないかというほど目を見開いた。きっと美貌の王子と結婚して玉の輿《こし》だ、と喜んでいると思われていたのだろう。若干釈然としないが、確かにそう言われても納得の美しさなので仕方がない。

しばらく固まったまま動かなかったウィリアムは、細く長いため息の後に、ゆっくりとうなずいた。

「……それが、アデルの望みなのですね」

「望みといいますか。互いに被害者のようなものですし、最低限の関わりで十分かと」

「被害者、ですか。……わかりました」

何だかウィリアムの声が低いけれど、不愉快な申し出だっただろうか。結婚してほしいと迫られることはあっても、関わらないでいいという女性はいなかっただろうし、ショックなのかもしれない。

少し罪悪感が芽生えたが、ここでしっかりと意思を伝えておかないと、紳士なウィリアムは体裁を取り繕うために無理をしてしまうかもしれない。不本意であろうとも一応は夫婦になるのだし、互いに楽な生き方をした方がいいだろう。

だが結婚式が始まってすぐ、アデルはこの認識を改めざるを得なくなった。

神殿の大きな祭壇の前、真っ白なウェディングドレスに身を包んだアデルは、ちらりと隣に視線を向ける。ウィリアムも同様に白い装いなのだが、銀の髪と瑠璃色の瞳が映えて、ただでさえ麗しい姿が輝いて見えた。

「それでは、誓いの口づけを」

神官のその言葉に、アデルの鼓動が一気に跳ね上がる。

ウィリアムと初めてのキス。これで晴れてアデルとウィリアムは夫婦になるのだ。

いくら国の都合の囲い込み目的でまとまった縁談とはいえ、緊張するのは仕方がない。アデルはドキドキしながらベールを上げられるのを待つが、ウィリアムの表情が何だか硬い。緊張しているのかと思ったけれど、どうも様子が変だ。

するとウィリアムはしばしの躊躇《ちゅうちょ》の後、アデルの額に唇を落とした。

「え……？」

結婚式では神官の祈りの後に、生涯の愛を誓ってキスするのが習わしだ。絶対に唇でなければいけないと明文化されたものではないが、つまりは言うまでもないほどに浸透した当然の行為。

それを、回避した。

アデルはもちろん参列者も皆困惑したが、神官が次の祈りを始めたのでそのまま流される。

何故、唇ではないのだろう。恥ずかしいのか、あるいは何か問題でも起きたのだろうか。

「殿下」

「……これくらいなら、いいでしょう？」

心配になったアデルが小さな声で問いかけると、返ってきたのは低い呟《つぶや》きだった。今までに見たことのない冷たい眼差《まなざ》しと声に、言葉を返すことができない。

最低限の関わりでいいと言ったのは、アデルだ。だがしかし、まさか結婚式の誓いすらも簡略化するとは思いもしない。

そんなにこの結婚が嫌だったのか。

アデルとは儀式の一環であるキスすらも、したくないのか。

何だかモヤモヤした気持ちを抱えたまま結婚式は終わり。その夜、湯浴みをして寝衣に着替えたアデルは、ウィリアムの宮の寝室にいた。

緊張から少し指先が冷えた頃に扉をノックする音が聞こえ、そこに姿を現したのはウィリアムではなく使用人だった。

「殿下からの伝言です。今夜はこちらでお休みください。明日からは無理をせず、黒の聖女の宮でお過ごしくださって結構です」

「……は⁉」

思わず漏れた声に、使用人が怯《おび》えるように少し体を引く。

「殿下はいらっしゃらない、ということですか？　明日からはここに来るなと」

「いえ、その。無理せずにゆっくりとお休みいただくように、とのことです」

結婚式を終えた今夜は、いわゆる初夜だ。愛のない政略結婚であっても、初夜だけは特別。ウィリアムの宮に泊まれというのはつまり、夫婦としての体裁を取り繕うため。そして明日以降はその必要もないのでアデルの訪問は不要、ということか。

ウィリアムは、優しい紳士だった。

だがあれは聖女に対する王子の対応であって、個人的にアデルに向ける感情などないのだ。

だから、誓いのキスもしなかった。

儀式なので何もしないわけにはいかないが、唇にキスする気はない。「これくらいならいいでしょう」というのは、おまえには額で十分、という意味だったのか。

「なるほど……承知しました」

燃えるような恋をして、情熱的に愛されると思っていたわけではない。最低限の関わりで済ませようと言ったのもアデルだ。

だがしかし、ここまで関わりを拒否されると、いっそ清々《すがすが》しい。

「まあ、私も聖女の務めを果たせればそれでいいですし。これでお互い幸せですね！」

ウィリアムによろしく伝えてと笑顔で手を振るアデルに、使用人は何とも言えない笑みを浮かべながら頭を下げる。

そうして美しい銀の月の夜、アデルは心ゆくまで眠ることができたのだ。


結局、その後もウィリアムの対応は変わらなかった。

公の場で必要な最低限のエスコートはするし、暴力や暴言の類《たぐい》は一切ないが、アデルに対する関心もない。黒の聖女の宮を訪れることもなく、貴族の中でも不仲であると周知されるほどの、白すぎるくらい白い結婚だったのに。先程のウィリアムはまるで別人のようだった。

「やはり物理衝撃のせいか、酔っている……？」

考えられる原因はそれくらいしかないが、だとするとアデルの罪状の「王子への傷害」が更に増えて二件になってしまった。もう王宮追放待ったなしである。

「アデル様、支度が終わりました」

侍女のキーリーの声に思考の世界から意識を戻すと、いつの間にか着替えが済んで髪も結ってあった。

普段は簡素なワンピース姿で過ごすことが多いけれど、今回は国王に召集されているのでさすがにそれは失礼にあたる。そこで聖女として式典に参加するための服を着ることにした。

生地は上質で仕立てもいいのに、コルセットを締める必要もなく、丈も長すぎない。ドレス慣れしていないアデルにはうってつけの格好なのだ。

「ありがとうございます。では、いってきますね」

キーリーに手を振って扉を開けると、そこには銀の髪の美青年が笑みを湛《たた》えて立っている。

「――アデ……」

その姿を目にした瞬間、アデルは勢いよく扉を閉めた。

はあはあと荒い呼吸をしながらドアノブから手を放すが、今のは一体何なのだ。

「キーリー、殿下の幻覚が見えました。陛下に私はまだ疲れが取れないとお伝えしてください」

「アデル？　どうかしましたか？」

扉の向こうから届く声に、アデルはじっとキーリーを見つめ、そしてため息をついた。

「キーリー、幻聴まで聞こえてきました。陛下に私はもう駄目だとお伝えしてください」

「幻覚でも幻聴でもありません。もう一度見ればわかりますよ」

仕方がないのでゆっくりと扉を開けると、やはりそこにはウィリアムが笑顔で立っていた。

「アデル。支度は終わりましたか？」

麗しい声音に鼓膜を揺らされたアデルは、ただうなずくことしかできない。

「お、終わり、ました」

「では、陛下のところに行きましょうか」

ウィリアムはそう言うと、アデルの手をすくい取る。

……ああ、なるほど。そういうことか。

要は国王の召集を伝え、アデルを連れてくるのがウィリアムの役目なのだろう。

何故王子がそんなことをと思わないでもないが、一応これでもアデルは聖女で王子妃。それなりに敬意を払ってくれたか……あるいは逃亡防止のためかもしれない。

理由がわかれば、美貌の王子の謎の行動も少しは納得できる。

だがほっと息をつくアデルを見て微笑んだウィリアムは、そのまま手の甲に唇を落とした。

「は、はいぃ!?」

予想外の事態に自分の目を疑いながらも、変な声が漏れる。その反応が面白かったのか、ウィリアムは楽しそうに目を細めた。

「アデルに触れてもいいのですよね？　とても嬉しいです」

——待って、無理、ありえない。

絶世の美貌、天使降臨、太陽が舞い降りてその笑みでアデルを焼き尽くす。あまりの麗しさと言葉の衝撃に鼓動と鼓動がぶつかって心臓は停止寸前だし、呼吸すらできない。

おかしい、これは本格的におかしい。

今更こんな接触を図るからには必ず理由があるはずだ。だって、今まで手にキスなんて……。

キスという言葉に唇の感触を思い出し、アデルは慌てて手の甲をさする。

これは違うのだ。手にキスするウィリアムがあまりにも絵になるからびっくりしただけで。別に嬉しかったとか、ひんやりして気持ち良かったとか、そういうことではない。断じて、ない。大体、無関心だったくせに急に変わりすぎだ。

そこでアデルは、はっと気が付いた。

——これが世に言う褒め殺し!?

比喩だと思っていたが、確かに胸が落ち着かないし、これを続けられたら本当に死んでしまうかもしれない。ウィリアムは証拠が残らない方法で邪魔なアデルを殺すつもりだろうか。

綺麗《きれい》な顔をして、とんでもない策士である。

「アデル、顔が赤いですね。まだお酒が抜けていないのでしょうか」

「平気です。それよりも陛下のところに行かないと」

暴れた件の罪の追及なのだろうから、恐らくブリアナとダドリーもいるはず。聖女としてのアデルの進退を決めるのならば、他の聖女二人も呼ばれている可能性が高い。楽しい話ではなさそうだが逃げるわけにはいかないし、とにかく行くしかなかった。

「そうですね」

うなずきながら、ウィリアムはアデルに手を差し出す。

何かを渡せという催促でないのならば、これはアデルも手を出せと……エスコートする、ということだろうか。公式行事以外でこんなことをされたのは初めてで、嬉しいとか恥ずかしいとかを飛び越えて、不思議議で仕方がない。

油断させて殺すつもりか、あるいは褒め殺しの一環か、単純に逃亡防止で掴《つか》んでおきたいだけなのか。

何にしてもここで悩んだところで答えは出ないのだから、考えるのはやめよう。

アデルは何故か嬉しそうに微笑んでいるウィリアムの手を取ると、黒の聖女の宮を後にした。

王宮の一室に集まったのは、そうそうたる顔ぶれだ。

国王、第二王子ダドリー、第三王子ウィリアムという王族。

それから四色の聖女。黒の聖女アデル・クード、赤の聖女ブリアアナ・リントン、青の聖女ゾーイ・アッシャー、黄の聖女ジュディ・マッカランの四人。

更に高位の神官までもが、一つのテーブルを囲んで座っていた。

「守護の石柱に祈りを捧げ、魔物の脅威から国を守るのが聖女の役割。国中に点在する石柱に祈りを捧げて回る石柱巡礼を、黒の聖女はこの五年間ほぼ一人でこなしている。邪悪であるとは思えない」

国王の言葉に、アデルはほっと胸を撫でおろす。ブリアアナの主張を鵜呑《うの》みにせず、アデルの謝罪を聞き入れる国王の公平性は信頼に値する。

「これまでの功績を考えれば、黒の聖女が大聖女にも一番近い存在だろう」

不満を隠すことなく唇を尖《とが》らせ始めたブリアアナは、容姿で言えば可愛《かわい》いのかもしれない。だが諸々を加味した結果、アデルにとってはただうっとうしい動きをする生き物。視界を使うのがもったいないので顔を背け、その存在をなかったことにした。

「ですが、黒の聖女はダドリー殿下や騎士を吹き飛ばし、王宮の石柱の魔力を放出してしまいました。こんなに野蛮で悪質な人が聖女だなんて、ありえません。陛下、わたくしが大聖女になりますわ！」

「大聖女？　一度たりとも石柱巡礼に出ていない上に日々の祈りも最低限しかこなさない人が、よく言えたものですね」

ブリアナの発言内容が酷《ひど》すぎて、思わずアデルも口を開いてしまう。

守護の力を持ち、石柱に祈りを捧げることで国を守っているのが聖女。

そして聖女達の頂点に、大聖女と呼ばれる存在がある。

該当者がいないためにこの百年間は空席だったが、今年はちょうど百年ごとの祭礼のために誰か一人を選出しなければいけなかった。

聖女の仕事に対して熱心とは言えないのに、そういうことだけには意欲を見せるのだから釈然としない。大聖女は試練を通して選ぶということしか知らないけれど、ブリアナが相応《ふさわ》しくないのは間違いないだろう。

視覚的に存在が消えても口を開いてしまえば無意味だと悟ったアデルは、少し無理な角度に固定した首を元に戻した。

「落ち着きなさい。まずは黒の聖女の話が先だ」

国王に窘《たしな》められてブリアナが渋々口を閉ざすが、その視線は的確にアデルを突き刺す。以前から薄々感じてはいたが、ブリアナはアデルのことを目の敵にしているようだ。

それ自体はどうでもいいが、今回ばかりは見逃せない。

「暴れた分の処罰は受け入れます。その代わり、――私も大聖女の試練を受けさせてください」

万が一にもブリアナが大聖女になれば、自分に従わないアデルと青の聖女を追い出し、まだ幼い黄の聖女を酷使し、自分は何もしないに決まっている。

国の平和と二人を守れるのはアデルだけなのだ。

「暴れた件に関してはダドリー本人が許すと言っているし、大きな怪我人《けが》もいない。事情を考慮して、一週間聖女としての活動の自粛という形にしよう」

それはつまり、ほぼ無罪放免。

意外な展開に思わず顔を向けると、ダドリーが笑顔で小さく手を振っている。たいした怪我をしなかったからか、ブリアナに加担した罪悪感か。よくわからないが、何にしても今回はありがたい。

アデルが少し頭を下げると、ダドリーはわざとらしいとしか表現しようのないウィンクを返してきた。

……前言撤回、あまりありがたくなかった。

「それで、試練とはどういうものなのでしょう」

自分から切り出したものの、そのあたりの事情がまったくわからない。すると控えていた高位の神官が一礼して口を開いた。

「大聖女とは、すべての色を持つ守護の光を生む存在。黒の聖女の言う通り、試練によって選ばれます」

曖昧な説明だが、英雄と呼ばれる聖女と聖剣の主の力はよくわからない部分も多いので仕方がない。

そういえば聖剣の主は一人だけなので、当然大聖女に該当する存在もいないのだろう。

……いや、最初から一人だけで常にいるわけではないと考えれば、聖剣の主は既に大聖女に相当すると考えた方が自然かもしれない。ちらりと視線を向けると、何故かこちらを見ていたウィリアムがにこりと微笑む。

――危ない、視線で殺される。

アデルは慌てて目を逸《そ》らすと、ゆっくりと深呼吸をして心を落ち着けた。

褒め殺しに続いて視線でまでアデルの命を狙ってくるとは、油断ならない相手である。

「試練の内容は、三ヶ月間巡礼に出て石柱に祈りを捧げ、その集落の長《おさ》のサインをもらうことです」

「……それだけ、ですか？」

拍子抜けしたアデルが、首を傾《かし》げる。

百年もの間一人も選ばれないというからには、相当な難易度だとばかり思っていた。鉱山から守護の石柱の原石を一人で掘り出して運んで加工しろとか、七日七晩一睡もせずに祈り続けろとか。そういう過酷な感じかと思えば、ただ巡礼してサインをもらうだけとは。

それでもこの百年間空席だったのだから、大聖女になりたい聖女がいなかっただけということとかもしれない。確かに今回のようなことがなければ、アデルもわざわざ試練を受けようなんて思わなかっただろう。

大聖女にならなくても、祈りを捧げて守護の石柱が正常に機能していればそれでいいのだから。

「それで、もしも同数だったらどうするのですか？」

ブリアナの問いに、神官はただ静かに笑みを湛える。

「大聖女は複数存在するものではありません」

答えているようで、答えになっていない。あるいはサインの数ではなく、何か別のものが判断基準なのだろうか。どちらにしてもそのあたりを明かすつもりはなさそうだし、アデルはただ巡礼に出ればいい。

「青の聖女と黄の聖女はどうなさいますか？」

問いかけられた二人は同時に首を振る。それを見た神官は、ゆっくりとうなずいた。

「では、これより一週間後。黒の聖女の謹慎が明けたら、試練の開始といたします」

王族と神官は何やら話があるとかで部屋に残ったので、聖女達は退出してそのまま石柱の間に向かう。石柱に祈りを捧げるためなのだが、ブリアナは早々に自分の宮に帰ってしまった。

いつも通りと言えばいつも通りだけれど、大聖女になると言っておいてこれなのだから困ったものである。

「私が巡礼でいない間、ブリアナはちゃんと祈っていますか？」

アデル不在時には当然王宮の聖女の数が減る。一日祈らないくらいでどうにかなりはしないが、こういうものは日々の積み重ねなので手抜きがあってはならない。

「一応、最低限割り振られた分はこなしていますよ。本当に最低限ですが」

青の聖女の答えにため息をつきながら、アデル達は石柱の間に入る。

大きな灰色の石柱は、高さは長身の男性二人分くらい。水晶のような六角柱の先端は剣先のように尖っており、大人二人が手を繋《つな》いで抱えられるくらいの太さだ。

それが石の台座に乗っているので更に大きく見えるが、この大きさは王都の守護の石柱だけ。国中に点在する石柱は大体この半分くらいで、中肉中背の男性が立っている感じだ。

大きさと魔力容量は比例しており、王都の石柱が満たされていれば周辺の町にも十分に守護の力が行き渡る。石柱に祈りを捧げる巡礼が重要なのにほとんどの聖女が王都にいるのは、この石柱を満たすためでもあった。

三人で石柱に祈りを捧げると、石柱がほのかに光を放つ。昨夜ひと暴れしてだいぶ魔力を抜いてしまったが、これで問題ないはずだ。少し安心したアデルが、小さく息をついた。

「それで、ブリアナ様は大聖女になるのですか？」

アデルの横で黄の聖女ジュディが、首を傾げている。まだ幼いので王宮には住んでいないが、通いながらも務めに励む立派な聖女だ。

そのジュディから見ても、ブリアナが大聖女というのは疑問らしい。

「ありえません。あの子の魔力は聖女とは思えない弱さですし、そもそも聖女の務めを果たすことに消極的な怠け者。とても大聖女になど」

ため息をつく老齢の女性は、青の聖女ゾーイ。アデルがお世話になった養護施設の院長で、聖女判定のために王都に同行してくれた母親同然の存在だ。アデルの判定時の魔力に影響されて聖女の力に目覚めたので、聖女としては同期でもある。

こうして三人で集まっているのは、別にブリアナを仲間外れにしているというわけではない。そもそも集まろうとしたのではなく、祈りを捧げようとすると自然と集まってしまうだけだ。

ゾーイは優しいので何度もブリアナに声をかけているが、そのたびに「自分の仕事以外はしないし、平民と慣れ合う気はない」と拒否されているので、どうしようもない。

ブリアナと同じく貴族であるジュディだけは声をかけられるらしいのだが、「ゾーイ様とアデル様の悪口を言う人は嫌いです」と怒っていたので恐らく交流はない。

というか子供に一体何を聞かせたのだ、ブリアナは。

「小細工の一つや二つしそうですが……これを機に巡礼に出てくれるようになれば、それだけでもありがたいですね」

石柱を満たせるのは聖女だけであり、巡礼を怠ればその石柱は力を失ってしまう。ゾーイは老齢で体調を崩すことが多いので、長旅をした上で魔力を使うのは厳しい。幼いジュディはまだ巡礼に出すわけにはいかない。

アデル一人ではどうしても行ける場所に限りがあるので、王都の近くだけでも請け負ってもらえれば格段に効率が良くなるだろう。

まあ、巡礼に出たら出たで文句を言ってうるさそうではあるが。

「それで、どの辺りに行くつもりなのですか？」

ゾーイが指差した壁にかかっているのは、地図。いくつも赤い丸がつけられているが、それはすべて守護の石柱の場所だ。アデルは地図に近付くと、王都から離れた国境近くの赤い丸をなぞる。

「この辺りに行くつもりです。どうせブリアナは遠くに行かないでしょうから」

この五年間、ほぼアデル一人で巡礼し続けているが、それでもまだすべての石柱を巡ることはできていない。特に僻地《へきち》はたどり着くだけでも時間がかかるので、後回しにされがちだ。近場はブリアナに任せて、普段はなかなか行けない遠方に足を延ばしたい。

「試練の内容がサインの数で評価されるものだとしたら、近場で数をこなす方が効率がいいとわかっていても？」

ゾーイの指摘はもっともだ。サインを集めろというからには、その数が多い方が有利になるのは目に見えている。だが、それでもアデルには譲れない事情があった。

「この辺りは先代の巡礼記録も曖昧で、恐らく石柱の魔力は枯渇に近い状態のはずです。巡礼の要請も届いているので、無視できません」

一回の巡礼の効果がどのくらい維持されるのかについては、かなり個体差が大きい。

まず聖女が捧げた魔力に差があり、次にその地域で守護の力を消耗する事態が起こったかどうかでも変わる。一概に何年で無効になるとは言えないこともあり、巡礼先の選定は意外と難しいのだ。

各集落から巡礼の要請は届くけれど、彼らには魔力の残量がわからない。なので「何年経《た》ったから来てほしい」という判断が難しいものも多い。その中でも「石柱の色が薄くなってきた」という訴えは要注意。魔力の枯渇の一歩手前の可能性が高く、今回アデルが行こうとしているのはまさにその訴えが届いた集落なのだ。

ブリアナが大聖女になるのは納得できないし、試練をしっかりこなしたいとは思う。だが、そのために巡礼を先延ばしにして石柱が力を失うくらいならば、多少不利になろうとも祈りを捧げに行きたいのだ。

「アデル。あなた、まだあのことを気にして……」

「ゾーイ先生、私はもう後悔したくない。自分ができることを、聖女にしかできないことをしたいのです」

まっすぐに黒瑪瑙の瞳で見つめると、やがてゾーイは首を振りながらため息をついた。

「あなたの思うようになさい。大聖女になるのならば、その判断も自らで下すべきでしょう」

「はい、ありがとうございます」

いつもゾーイはアデルを優しく見守ってくれる。ゾーイがいるから、安心して王宮を離れて巡礼に出られるのだ。

それに巡礼に出ればしばらく戻らないので、当然ウィリアムと顔を合わせることもない。何だか様子がおかしい原因が頭部打撲や魔力酔いだとしたら、この巡礼期間中に落ち着くことだろう。

本気でアデルの殺害を狙っているとしても、王宮から離れてしまえば安全。

皆平和で、いいことずくめだ。

「アデル様。せっかく帰ってきたのに、また巡礼に行ってしまうのですか？　寂しいです」

ジュディが袖を掴んで見上げてくるが、この可愛らしさはもはや罪だ。こんなに純粋で優しい子に「嫌い」と言わしめるほどの言葉を聞かせたのかと思うと、ブリアナの鬼畜っぷりが際立つ。

「私がいない間、ゾーイ先生のことをお願いしますね。無理をしないように見張っていてください」

「はい、頑張ります！」

頼まれる、というのが新鮮で嬉しかったのだろう。瞳を輝かせてうなずくジュディが愛しくて、アデルは微笑みながらその頭を撫でた。

「アデル。あなた毎回、私達にだけ挨拶をして出発しているでしょう。夫婦なのですから、きちんとウィリアム殿下にも挨拶なさい」

幸せな気持ちで満たされた心が、ゾーイの一言で瞬時にしぼむ。他の人ならいざ知らず、ゾーイに対しては適当にあしらうという選択肢はない。

「……一応、巡礼の計画書は提出してあります」

仕方がないので正直に答えると、ゾーイは呆《あき》れたとばかりに肩をすくめた。

「上司と部下じゃあるまいし、せめて手紙でしょう。もちろん直接渡していますよね？」

巡礼に出発することを伝えるため、ウィリアムの宮を訪問しようとしたことはある。だが相手は結婚式の誓いのキスすら簡略化した人だ。最低限の関わりしか持ちたくないというウィリアムに対して、「いってきます」と伝えるためだけに訪問するのは、逆に失礼ではないだろうか。

そこで手紙を書いて届けてもらえばいいと考えたのだが、一行目から早速手が止まった。

会いたくないし話をしたくない形だけの妻からの手紙だなんて、ただの嫌がらせのような気がする。だがしかし、巡礼先で何かあった時にまったく所在を知らないというのも、夫婦としての世間体がよろしくないだろう。

ということで、巡礼の日程を簡潔に書いた計画書を届けてもらう形に落ち着いたのである。

これに関してウィリアムからは何の反応もないので、最近では計画書もいらないのではと思っているくらいだ。

アデルとしては色々言いたいこともあるのだが、それでも何となく後ろめたくてゾーイから視線を逸らす。じっとアデルの様子を見ていたゾーイは、まったく、と呟きながら深いため息をついた。

「そんなことだと思いましたよ。ちょうど良かったですね」

ゾーイの目配せで石柱の間の入口に控えていた使用人が、その扉をゆっくりと開ける。そこに姿を現したのは美しい青年。

銀の髪に瑠璃色の瞳のその人を見た瞬間、思わずアデルは声を上げた。

「殿下!?」

何故ここに、何の用で。いやそれよりも先に挨拶だろうか。

混乱するアデルに気付いているのかいないのか、ウィリアムは目の前で立ち止まると笑みを浮かべる。

「ここにいると思いました。黒の聖女の宮に戻るのなら、送りますよ。話したいこともありますし」

「いえ、お構いなく……」

爽やかに天国に送られても困るし、普通に善意で送ろうとしているのならそれはそれで意味がわからないので怖い。大体、話すことなど何もないのだが。

「巡礼に出るのでしょう？」

「あ、はい。またしばらく王宮から離れるので、ご安心ください」

思ったよりも普通の内容だったが、これは計画書不要という通達かもしれない。それなりに手間暇がかかるし、わかっていても反応がないと切ないので、廃止してもいいのならそれに越したことはない。

「その巡礼、俺も同行します」

「――はい⁉」

アデルの微《かす》かな期待を一言で打ち砕いたウィリアムは、美しい瑠璃色の瞳を細めて微笑んだ。

「あの……巡礼に同行する、というのは」

「言葉の通りです。俺は夫ですから、何もおかしなことではないでしょう」

さも当然という口ぶりにゾーイもうなずいているが、おかしいから聞いているのだが。

今の今まで塩対応を超えた無関心だったのに、何故急に関わってくるのだろう。しかも巡礼に同行だなんて意味不明だ。

とにかく、どうにかして止めなければ。

「今回の巡礼は大聖女の試練です。聖剣の主である殿下が同行するのは、不平等だと思うのですが」

慌てて口にした内容だが、我ながら良い理由だ。無類の攻撃力を誇る聖剣とその主が一緒となれば、魔物に相対した際にかなりの差が出るはず。試練という公平さが重要視されるものの中で、ウィリアムという存在はあまりにもバランスが悪い。

正直、ブリアナが魔物が出るような地域に行くとも思えないが、使える口実は使わなければ。

「聖剣の力で試練を有利にしたり、判定の邪魔になるようなことはしないという条件で、陛下と神官の許可も得ています。問題ありませんよ」

許可しないでほしいし、問題しかない。

しかし国王と神官が承認してしまった今、どうやってウィリアムを阻めばいいのか思いつかない。

混乱するアデルの隣に立つウィリアムを、ジュディがじっと見つめる。

「殿下はアデル様の夫だから、一緒に巡礼に行くのですか？　今まではアデル様だけだったのに？」

純真無垢《むく》な子供ゆえの質問が、容赦なく鋭い牙をむく。ジュディは単純に言葉通りのことを聞いているのだろう、とわかっている。だが「無関心だったのに、今更？」という勝手な深読みでダメージを受け、ちょっとドキドキしてしまった。

あまり楽しくない話題だが、急にこんなことを言い出した理由は確かに知りたい。

落ち着かないアデルとは対照的に、ウィリアムの表情は穏やかだ。

「聖女の石柱巡礼は、魔物の被害を防ぐためにとても大切なことです。わかってはいますが、それでも待つ時間は長く、心配ですので」

「はい。ジュディもアデル様がいないと寂しいし、心配です！」

元気に手を上げて答えるジュディの素直さが眩《まぶ》しくて、目に染みる。おかげでちょっと幸せな気持ちになったが、ウィリアムの言葉はいまいち納得できない。

アデルがいない方がせいせいしているはずなのに、何故こんな見え透いた嘘《うそ》をつくのだろう。

「ああ。ジュディのお迎えが来たようですね」

ゾーイの声に扉の方を見れば、王宮の使用人とは服装の違う女性が二人立っており、こちらに向かって頭を下げた。マッカラン男爵家の邸《やしき》から王宮に通っているジュディは、時間になるとこうして迎えに来た使用人と共に帰宅するのだ。

「ジュディはまだ小さいから、聖女のお仕事を少ししかできません。大きくなったらアデル様とゾーイ様のお手伝いをいっぱいしたいです」

「無理しないで、ジュディのペースでいいのですよ」

天使、本当に天使だ。こんなに可愛らしい子が自然とブリアナの名前を排除しているのは、それだけ嫌な目に遭ったからなのだろう。

ジュディがこき使われるかもしれない未来を、絶対に許すわけにはいかない。

「はい。ジュディが大きくなるまで、殿下もアデル様のお手伝いをしてくれますか？」

天使が悪魔の提案をしてきた。これが世に言うありがた迷惑か。

恐る恐るウィリアムの方を見ると、麗しの王子は変わらず穏やかな表情のままだ。

「黄の聖女が大きくなった後もずっと、俺はアデルを手伝いたいです」

何ということだ。しれっと嘘を重ねてきた。

綺麗な顔をしているくせに、なかなか恐ろしい。

「やったあ、約束ですよ！」

疑うことを知らぬ天使は楽しそうに飛び跳ねると、そのまま手を振って使用人達と共に石柱の間を出て行く。

天使が爆弾を置いて行ってしまったが、一体どうしたらいいのだろう。

「では、話をしましょうか。アデル」

ウィリアムとゾーイが微笑んでいるのを見たアデルは、これは逃げられないらしいと覚悟を決めるしかなかった。

「夫婦の話は、二人きりでどうぞ」というゾーイの情け容赦ない言葉により、石柱の間を追い出されたアデルはウィリアムと共に黒の聖女の宮の庭にいた。

本来なら部屋に招いてお茶の一杯でも飲みながら話すべきなのだろうが、アデルとウィリアムはそういう仲ではない。それに閉鎖空間だとウィリアムの美しい顔の威力が増す気がするので、ここは庭でさっさと話を終わらせるべきだろう。

庭と言ってもその主であるアデルは、基本的に不在。巡礼の際に使える薬草ばかりを植えているので、一見するとただの草むらのような状態だ。とても王宮の庭とは思えない有様だが、ウィリアムも長居したくないだろうからかえっていいかもしれない。

アデルは立ち止まると、まっすぐにウィリアムの瑠璃色の瞳を見据えた。

「殿下、離婚しましょう」

「嫌です」

まさかの即答。

確かに英雄同士の囲い込み目的の結婚だし、王子の離婚ともなれば世間体が色々アレだろう。しかし既に無関心王子と不仲妻として広く知られているのだから、今更だ。嫌いな相手に対して無理をしなくてもいいのに、一体何なのだろう。

「今すぐ仲睦《なかむつ》まじく、とは言いません。でも少しでいいから、俺を見てくれませんか」

「……はい？」

どういう意味だろう。嫌いな相手に見られて、利があるとは思えない。

あるいはウィリアムはそういう曲がった性癖なのだろうか。それにしたって今更だが。

「愛されたい、と言いましたよね。俺では駄目ですか？」

そんな直球の迷惑発言どころか、顔もろくに合わせていなかったのに。一体どこの誰の何と勘違いしているのだろう。

……いや、待て。確かに最近、そんなことを考えたような気が。


『私だって愛されたい！　──愛されたいの！』


そうだ、確か石柱の魔力を回収した時にそんなことを口走った気がする。あれは幻ではなく本物のウィリアムで、アデルはその言葉を実際に口にしていたというのか。

──嫌だ、もう。恥ずかしすぎて逃げ出したい。

うなだれながら手で顔を覆うが、とにかく話を終わらせなければと必死に深呼吸をする。ウィリアムの褒め殺しで死にそうとか言っている場合ではなかった。自分で自分の首を絞めるとは、まさにこのこと。他殺もつらいが、自死もつらい。

とりあえず、この話題から一刻も早く離れなければ。

「半分意識がなかったので、ただのうわごとです。もう忘れてください。すみませんでした。それで、本当に巡礼に同行するのですか？　公務もありますよね」

矢継ぎ早に言葉を紡ぐことでどうにか平静を保とうとするが、それでもやはり手が震える。これが恥ずかしいからなのか、他の感情のせいなのか、自分でもよくわからない。

「毎回は難しいですが、今回の日程は都合をつけたので大丈夫です」

何ということだ。

つくな都合、粘れ都合、頑張れ都合!

ブリアナに巡礼を要請しても都合が悪いの一点張りのくせに、アデルの都合が悪い時には都合がいいなんて、酷すぎる。

脳内で都合大応援団が結成されたところで、アデルの反応がよろしくないとさすがに気付いたらしく、ウィリアムの表情が少し曇る。

「……迷惑、でしょうか」

寂しげに目を伏せる様は、控えめに言っても絶世の美貌。麗しの王子が、まさかの子犬みたいな攻め方をしてきた。

正直、ちょっとときめく。銀の睫毛《まつげ》が夕日を弾《はじ》いて輝く様がたまらない。

……いやいや、駄目だ。この一年の白すぎる結婚生活を思い出すのだ。これが好意でないことだけは確実なのだから、うっかり騙《だま》されてはいけない。褒め殺しの一環だとしたら、アデルの命は風前の灯火《ともしび》だ。しっかりと現実を見据えて生き延びなければ。

アデルは混乱する心をどうにかなだめると、ゆっくりと息を吐いた。

「夫婦としての体裁を取り繕わなくてはいけないのなら、可能な限り演技にお付き合いします。なので、無理に同行しなくても」

きっと何か事情ができたから、離婚しないなどと言い出したのだ。今までの対応を考えれば、相当に切羽詰まった事態のはず。協力するのは構わないが、巡礼には危険も伴うのでわざわざ同行しなくてもいいと思う。

だがウィリアムは喜ぶどころか、更に目を伏せてしまった。

「……そんなに、俺と一緒が嫌ですか」

「え？」

何か呟いたのはわかるのだが、声が小さくてよく聞き取れない。聞き返してもいいのか迷っていると、ウィリアムが勢いよく顔を上げる。

「巡礼への同行は既に陛下も認めたことですので、覆せません。それと、付き合うというのなら、大聖女の試練に合わせて開かれる送別の舞踏会でパートナーをお願いしたいのですが」

なるほど、これは王命なのか。

確かに現状で石柱巡礼に出られるのはアデルだけだし、逃げられては困るのだろう。舞踏会で王子を吹っ飛ばして暴れた割には軽い処罰だと思っていたが、そのあたりを考慮したわけか。

謎すぎて少し怖かったが、背景を知れば納得だ。

「わかりました」

もともと大きな行事ではエスコートされていたし、これもその一環だと思えば問題ない。いつものように現地集合で入場時に手を引かれ、軽く挨拶を受けたらすぐに離れればいいのだろう。

安心して肩の力が抜けたアデルを見て、ウィリアムが少し困ったように微笑む。かと思うとそのままアデルの手をすくい取り、手の甲にそっと唇を落とした。

「ひっ⁉」

衝撃のあまり変な声が漏れ、反射的に手を引っ込める。心臓がバクバクと大騒ぎしているし、何が起こったのか把握しきれない。

「そんなに驚かなくても。……どうしても不快だというのなら、控えますが」

「不快というわけでは。ただ、感情とは無関係の挨拶とわかってはいても、慣れていなくて」

何せ最低限のエスコート以外は関わることもなかったので、貴族的にはただの挨拶だと知っていても刺激が強い。既に何度か手にキスされているけれど、平然と流すことはできなかった。

「なるほど。では――感情を込めたキスに慣れればいいということですね?」

ウィリアムは再びアデルの手をすくい取ると、今度はそのままじっと見つめてきた。宝石のように輝くその瞳に負け、慌てて視線を逸らす。

「アデル」

……たった一言。

決して強い口調ではないのに、その声に抗《あらが》えない。

ゆっくりと視線を戻すと瑠璃色の瞳にはアデルが映っていて、心臓が飛び出すのではないかというほど激しく鼓動を打つ。

微動だにできずに固まっていると、ウィリアムがゆっくりと動いてアデルの手の甲に唇を落とす。ひんやりとした柔らかい感触とチュッというリップ音に、アデルの中で何かが限界を超えた。

恐らくアデルの顔は夕日に負けないくらい赤くなっているだろう。それを悟られたくなくて顔を背けたいのに、笑みを湛えるウィリアムから目を逸らせない。

「アデルが愛されたいというのなら、俺が愛します。あますところなく気持ちを伝えます。……これから、少しずつ慣れましょうね」

いや、待て。塩対応の無関心王子はどうしたのだ。こんなの、アデルが知っている夫じゃない。離婚するのかと思っていたのに、まさかの愛する宣言だなんて意味がわからない。こんなことなら、殺害予告の方がまだ納得できる。

混乱するアデルが何も言えずにいると、夕日を浴びて銀の髪が茜《あかね》色に輝く中、ウィリアムはゆっくりと瑠璃色の瞳を細めた。

第二章　王子は聖女に好意があるらしい

あっという間に一週間の謹慎が終わり、大聖女の試練開始前の送別の舞踏会当日。

アデルが身に纏《まと》うのは、シンプルを極めた地味ドレスだ。落ち着いた浅黄色で胸元と腕に飾りの刺繍《ししゅう》が入る以外には、一切のフリルもレースもない。

これはウィリアムとの結婚の際に夜会などで必要になるからと仕立てたもので、「飾りを極限まで減らしてほしい」というアデルの要望が貫かれている。仕立て屋は聖女にして王子妃であるアデルに相応《ふさわ》しい何とかかんとかという素敵なドレスを勧めてくれたが、平民出のアデルにはまったくわからない。

それに装飾が増えればその分だけ重量も増すので、ドレス慣れしていないアデルとしては軽量化の方がよほど重要である。正直に言えば、そもそもコルセットを締めたくないくらいだ。

更に基本的に巡礼で不在なので夜会などに出席する機会自体がなく、無駄になる。ということで最初の一着以外、ドレスを仕立てていなかった。

だから今日も同じドレスを着るのだが、問題はそこではない。

「何ですか、これ」

低い声で呟《つぶや》くアデルに構わず、キーリーは髪を結う手を止めない。

「ネックレスですよ。首元を飾るアクセサリーですね」

「私が聞いているのは物体の名前ではなく、出身地……いえ、保護者です」

今までこのドレスを着た時には、ごく小さな粒の何らかの宝石が連なったネックレスをしていた。キーリーの不満や周辺貴族の反応から察するにどうやら高価なものではなかったらしいのだが、アデルからすれば十分すぎる品物である。

何度か同じドレスに同じネックレスで姿を現すアデルに、さすがに文句のバリエーションも尽きたらしく、最近では貴族達も特にアデルの装いには触れなくなっていた。

だが今現在、鏡の中のアデルの首元には見慣れたネックレスとはまったく異なるものがあった。

首から鎖骨にかけて銀のレースを纏ったかのような繊細なつくりで、小さな透明の石が無数にはめ込まれており、光を弾《はじ》いて優雅に輝く。中央には花を模した色石と更に大きな一粒石が堂々と鎮座しており、圧倒的な存在感を放っている。

宝石に疎いアデルでも、さすがにこの石は知っていた。

深い青の石は、ラピスラズリ——ウィリアムの瞳と同じ瑠璃色である。

「この自己主張しかないラピスラズリの色を見て。どこから来たのかわからないとは言いませんよね？」

「……殿下の名を騙《かた》って、私を暗殺しようと？　この石には実は毒が仕込まれて……」

疑心暗鬼が極まるアデルに、キーリーのため息が届く。

「あの方がそんなものをアデル様のそばに近付けるとお思いですか？　毎回ドレスの細部にまでこだわっていますし、何よりもアデル様の安全を優先なさっているのに」

「ドレスの細部って何ですか？　もしかして、一年経《た》つから手直ししたとか？」

実際に着用したのは数回だが、小さな汚れや綻びがあったのだろうか。だとしてもウィリアムとは何の関係もないが。

するとキーリーは髪を結う手を止め、一段階深いため息をついた。

「そんな気はしていましたが、アデル様はまったく気付いておられないのですね」

「三日前にキーリーが前髪を切ったのには気付いていますよ。可愛《かわい》いと思います」

「そうではなく……」

ちょっと恥ずかしいのか、キーリーは自身の前髪に少し触れると咳払《せきばら》いをした。

「このドレスは、結婚当初アデル様が仕立てたものから数えて五着目に当たります」

「……はい？」

本格的に何を言っているのかわからず、アデルは首を傾《かし》げた。

「一度袖を通すたびに、まったく同じデザインの新しいドレスを仕立てて入れ替えています。とはいえ、同じなのはデザインだけ。刺繍糸は金糸と銀糸に変え、生地も光の加減で模様が浮かび上がる最上級の物を使用しています」

慌ててドレスを摘まんでみると、確かに動きに合わせてうっすらと花の模様が浮かび上がる。

「何だかキラキラしているとは思っていたけれど、久しぶりに見るドレスだからと気にしていませんでした」

「正直、ゴテゴテと装飾をつけたドレスの何倍も値が張る、一級品です。貴族達もそれがわかって何も言わなくなっていたでしょう？」

「え。あれは地味ドレスの私につける文句を使い果たしたのではなくて？ それよりも、何という無駄遣いをしているのですか、キーリー！」

この黒の聖女の宮の主はアデルだが、巡礼で不在のことが多い。そこで筆頭侍女であるキーリーが一切の管理を任されているわけだから、ドレスの入れ替えも彼女の仕業ということになる。

「確かに私は着飾る機会もないので物足りないのかもしれませんが、不要なところにお金を使わないでください。だったら巡礼用のマントを新調した方がマシです」

「着飾る機会が欲しいのは事実ですが、不要というのは納得できません。それから巡礼用のマントも毎回新しいものに替えています」

「嘘《うそ》でしょう⁉」

衝撃の事実が更に明かされた。毎回魔物の血や埃《ほこり》などで薄汚れるマントだが、次の出発までには綺麗《きれい》にされていた。あれは洗濯してくれたわけではなくて、新調していたのか。

「どうしてそんなことを。破れているわけでもないし、まだまだ使えます！」

「それに関しては私もある程度同意しますが、命令には従うほかありません」

うなずきながら髪を結い始めたキーリーの言葉に、ぴたりとアデルの動きが止まる。

キーリーは黒の聖女の宮の筆頭侍女だ。使用人という立場ではあるけれど、それに命令を下せる立場はかなり限られている。

「命令って、誰の……？」

もしかして。いや、まさか。

相反する二つの感情を抱えながら恐る恐る訊《たず》ねると、キーリーは何食わぬ顔でしれっと答えた。

「もちろん、アデル様の夫。ウィリアム・クード第三王子殿下です」

「――何故《なぜ》!?」

思わず叫びながら椅子から立ち上がりそうになり、髪を結うキーリーにそっと肩を掴《つか》まれて戻される。

「そのあたりに関しては、私が説明するのも面倒くさ……いえ、おこがましいので。御本人に直接聞いてください」

聞け、と言われても何を聞くのだ。「私のドレスを毎回こっそりマイナーチェンジしてますか？」なんて、聞きづらいことこの上ない。否定されたら恥ずかしいし、肯定されたら怖い。

もう何も知らないことにしてやり過ごした方が、精神衛生上いい気がしてきた。

「それと、赤の聖女がいつものようにどうでもいい手紙を寄越していたので、燃やしておきました」

主宛《あるじあ》ての手紙を見せもせずに燃やすと言うと、何と勝手な使用人だと思う人もいるかもしれない。だが、これはアデルの指示に従っているだけだ。

ブリアナは結婚直後からやたらとアデルに絡んでくるようになり、嫌味の他に手紙もたくさん届く。当初は何か用があるかもしれないと目を通していたのだが、その内容はいつも同じ。

「平民で孤児だったアデルは、聖女にもウィリアムの妃《きさき》にも相応しくない」というものだ。

ただの正論なので肯定する内容の手紙を返したところ、何故か怒りの手紙が何通も届いた。

何度か同じようなやり取りを繰り返した結果、無意味と判断したアデルはキーリーにその処分を全面的に任せたのである。

「ブリアナの執念には感心します。そんなに平民の孤児が聖女で妃なのが気に入らないのですね」

アデルに文句を言っても仕方がないのだから、国王に直訴すればいいのに。実に面倒くさい。

「赤の聖女は確かに貴族の選民主義が極まっていますが、それだけではありません」

「そうなのですか？　というか、そのリボンはどこから？」

何だかシュルシュルと衣擦《きぬず》れの音がするなとは思っていたが、鏡の中のキーリーはアデルの金の髪に白っぽいリボンを編み込んでいる。

「ドレスに合わせて用意されました。端には宝石が縫い留められているので、シャンデリアの光を受けて美しく輝くことでしょう」

用意されたというからには、これもウィリアムのマイナーチェンジの一環なのだろうか。気にはなるが聞いてしまうと現実と向き合わなければいけないので、踏み込みたくない。

「私の髪にはもったいないですね」

「逆です。アデル様の眩《まばゆ》さの前ではこのリボンはただの布きれ。さあ、最低限の装いでありながらも隠しきれないアデル様の美しさで、赤の聖女をぎゃふんと言わせてやりましょう」

随分とおかしな方向の志だが、キーリーの瞳は真剣だ。

「赤の聖女の行動はすべて、嫉妬が原因です。金に物を言わせて着飾った赤の聖女が、シンプルな装いのアデル様の足元にも及ばないのだと見せつけてやるのです！　ひれ伏せばいいのです！　泣いて這《は》いつくばっても許しません！」

キーリーは髪を編み込む手を止めると、大袈裟《おおげさ》にため息をついた。

「アデル様はずっと巡礼に出てろくにお手入れをしていないのに、赤の聖女の何倍も髪も肌も艶があって。しかも造作も申し分なく、控えめに言っても並ぶ者のいない美女ですからね」

「それはちょっとお世辞が過ぎます。並ぶ者がいないというのは、ウィリアム殿下のような方でしょう」

アデルは酷《ひど》い顔ではないと思うけれど、夫婦として隣に立つ人が規格外なので、体感としては枯れかけの雑草くらいだと思う。

ウィリアムは髪も瞳も美しいが、それ以上にあの相貌と身に纏う空気と声の持つ力が半端ではない。絶世の美貌という言葉は彼のためにあるのだと言われても、納得しかなかった。

「ああ、まあ……あの方はちょっと特殊と言いますか。王族の高貴な雰囲気まで加算されていますので。結婚した今でも黄色い声が途絶えませんし。ですが女性なら間違いなくアデル様一択です！　垂涎《すいぜん》の美しさです！　本当にヨダレが」

キーリーが急に口元を拭った理由をあまり知りたくないので、とりあえず視線を逸《そ》らす。

「今までは面倒なので放置していましたが。大聖女を目指すと決めたことですし、最低限のドレスは用意した方がいいかもしれませんね」

何故かアデルのドレスをウィリアムがマイナーチェンジしていたというが、恐らくは妃の装いがあまりにもみっともないと夫として立場がないからだろう。今後は自分でドレスを用意すれば、もう関わることもないはずだ。

「もとの素材は圧倒的にアデル様が上です。素敵なドレスを仕立てましょうね。ぎゃふんです、ぎゃふん！」

興奮しすぎてもはやキーリーがぎゃふんと言っており、何だかちょっと面白くて笑ってしまう。

国王はアデルに対して、聖女としての活動を自粛と言っていた。それはつまり、王子妃としては活動してもいい……いや、しなさいという意味なのだろう。

確かに聖女の仕事優先でそちらは二の次にしていたから、ウィリアムは国王に何か言われたのかもしれない。だから、あんな言葉を口にしたのだろう。

『なるほど。では――感情を込めたキスに慣れればいいということですね？』

ウィリアムの言葉と色っぽい眼差《まなざ》し、更に唇の感触まで思い出してしまい、一気に鼓動が速まる。

だが……王命がなければ、手にキスすらしないのだ。

すぐにそれに気が付き、すっと気持ちが冷えていく。

「愛します」と言っていたが、恐らくあれも王命の一環。白すぎる結婚生活で無関心に慣れたと思ったのに、少し接しただけでこんなに揺さぶられる自分が情けない。

「とにかく、いってきますね」

アデルが立ち上がった瞬間、扉を叩《たた》く音がする。嫌な予感を抱えながら扉を開けると、そこに立っていたのは盛装に身を包んだ銀の髪の美青年だった。


王宮の舞踏会は今日も賑《にぎ》やかだ。

テーブルには色とりどりの花が飾られ、たくさんの料理が並び、豪華なシャンデリアがキラキラと輝いて美しい。それに相応しい華やかな装いの貴族に目が疲れたアデルは、そっとため息をついた。

一人で会場入りすることで「やはり不仲か」と囁《ささや》かれ。

久しぶりに公の場に出ることで「何故いるのだ」と驚かれ。

聖女の役割を理解していない貴族に「何のための聖女か」と馬鹿にされる。

……それが、アデルにとっての舞踏会だ。

だがしかし、現在アデルに注がれるのは好奇と驚きの眼差し。その原因はアデルの首元を彩るネックレス。そしてネックレスと同じ瑠璃色の瞳の美青年のせいだった。

結局このネックレスがどこから来たのかについては、キーリーからはっきりとした答えをもらっていない。九割方聞いたような気もするが、決定的な一言はまだ出ていない……はずだ。

わずかな希望に縋《すが》るアデルは、小さな声で隣のウィリアムに問いかける。

「あの。このネックレスですが」

「気に入ってもらえましたか？　急だったので間に合うものがこれしかなくて。次はもっとアデルに似合うものを贈りますね」

儚《はかな》い希望が今、無残にも砕け散った。

しかも次って何だ。このネックレスだって、恐らく相当なお値段。何度身に着けても元を取れそうにないのに、何故更なる負荷をかけようとしてくるのだ。

もしかして正攻法では離婚できないから、贅沢《ぜいたく》させて良心から精神を破壊するつもりなのか。地味にきついのでやめていただきたい。

「……好みではありませんでしたか？」

「そういうわけでは」

「この石の色が、嫌だとか？」

ウィリアムが指差した先にあるのは、ラピスラズリ。ここで肯定すれば、それはウィリアムを否定することと同義だ。

何だ、この質問。この二択に見せかけた一択から、逃れる術《すべ》がない。

「……綺麗な色だと、思います」

アデルの一言に、ウィリアムは萎《しお》れかけていた花が一気に花開いたかのような笑みを浮かべる。その美しさは舞踏会会場中の女性を寄せ集めても瞬殺できるほどで、実際に数名の女性が悲鳴と共に崩れ落ちた。

「良かった。じゃあ、ちょっと飲み物を取ってきますね」

良くないと言いたいけれど、あまりにも嬉《うれ》しそうにしているので口に出せない。大体王子なのだから使用人に命じれば飲み物でも何でも持ってくるだろうに、何故楽しそうなのだ。

結婚してからこの一年間贈り物なんてなかったし、エスコートも最低限で無関心王子と不仲妻として知られている。ネックレスをわざわざ用意するくらいだから、その噂《うわさ》を払拭したいのだろうか。

……いや、実際にはドレスをマイナーチェンジしてマントを新調していたので、何もなかったわけではないようだが。少なくとも公の場で不仲な夫婦であることは間違いない。

それでもアデルの首元に輝くのはウィリアムの瞳の色となれば、本人が贈ったと考えるのが自然だ。更にいつもなら最低限のエスコート後には離れるのに、今夜はずっと隣から動かない。明らかに今までとは違う様子に、周囲の貴族達の困惑の囁きが耳に届く。

「第三王子と黒の聖女は不仲、という話だったはずですが」

「だが実際、夜会のほとんどをウィリアム殿下お一人で参加しているだろう」

「黒の聖女が見栄を張り、自分で用意したのでは？」

「ですがあのドレスのことはご存じでしょう？　並のドレスの手のかけ方ではありませんのよ？」

アデルに聞こえているとわかっているのか、いないのか。好き勝手言う貴族達が本当にうっとうしい。

不仲は事実だし、アデルは巡礼で不在なので夜会に出るはずもないし、見栄のためにこんなネックレスを用意するわけがない。ドレスに関しては知らなかったし聞きたくない情報だったが、とにかくもうアデルのことは放っておいてほしい。

「あら。珍しい人がいますわね」

面倒は重なるもので、今度は赤の聖女ブリアナが第二王子ダドリーと共に近付いてきた。

ブリアナの装いは鮮やかな深紅の生地にふんだんにレースがついて、首に髪に手にと少しの隙間も許さぬ装飾品がギラギラと輝いている。もはや聖女というよりも宝石置き場だが、貴族の中ではこれが普通なのだろうか。

前回の舞踏会に引き続き二人一緒にいるということは婚約するのかもしれないが、結婚したら少しは落ち着いて聖女業務に励んでくれる……と思えないのが切ない。

目の前に立って舐《な》めるようにアデルを見たかと思うと、ブリアナはこれぞ嘲笑という笑みを浮かべた。

「また同じドレスですか？　仮にも王子妃なのですから、ウィリアム殿下に恥をかかせないように、もう少し装いにも気を付けた方がよろしいのでは？」

「誰かさんが一度も巡礼に出ないので王都に戻る暇がなく、仕立てても着る機会がないので」

正直に答えたせいで、周囲の貴族達がざわめくのが耳に届く。この話の流れで「誰かさん」が誰なのか、わからない人はいないだろう。

今まではあえて公の場で口にすることもなかったが、ブリアナにとってアデルは邪悪な聖女なわけだからもう我慢する必要もない。

「……黒の聖女は、本当に以前と変わったね」

ダドリーは感心した様子だが、この話を聞いて引いていないあたり、ブリアナの聖女業務怠慢を知っている可能性が高そうだ。

「大人しく罵られていろ、と？」

「そういう意味じゃないよ」

微笑《ほほえ》む姿はさすがウィリアムの兄だけあって麗しいが、注意するに越したことはない。

「この場で謝罪すれば、わたくしが大聖女になった後も巡礼要員として王宮に置いてあげようと思っていたけれど。やはり邪悪な聖女に恩情は不要ですね」

「大聖女になるというのなら、率先して巡礼に出るか、もっと積極的に祈りを捧《ささ》げてください。働かない大聖女なんて、聞いたことありませんから」

恐らく、ブリアナは大聖女になっても巡礼に出ることはない。ゾーイが体調不良、ジュディは幼いので、残るはアデルだけ。だからこそ国王はブリアナだけでは無理だと判断し、アデルを残そうとしているのだろう。

ウィリアムはそのためにアデルを懐柔する役割を負わされたわけだ。

ブリアナを働かせた方が後々のためになると思うのだが、そちらに舵を切らないのは貴族の選民意識なのか、はたまたどうにもならない怠け者と諦められているのか。

どちらにしても、アデルとウィリアムにとっては迷惑な話である。

「ウィリアム殿下に嫌われているくせに、殿下の色を身に着けるなんて図々《ずうずう》しい」

「文句は贈った人に言ってください」

巡礼に関しては分が悪いと思ったのか、話題を変えてきた。

不仲だと周知されている以上、ウィリアムの色を身に纏うことに疑問が生じるのはわかる。アデル自身もどうするべきか、少し迷った。だが夜会で顔を合わせる相手で一応は夫である人に贈られたのだから、身に着けない方が失礼だ。

大体、赤の他人であるブリアナに図々しいと言われる筋合いなどない、と声を大にして言いたい。……いや、ほぼ言った気もするが。

「何ですって？　そんなはずが。……どちらにしても、あなたは追い出してやりますから！」

吐き捨てるようにそう言うと、ブリアナは背を向けて立ち去る。何故かダドリーは残ったままだが、ブリアナのパートナーではないのだろうか。

「もしも追放されたら、俺が拾ってあげようか」

優しい笑みと共に提案されたが、どういう意味だろう。ダドリーは誰の味方なのか、よくわからない。それでも前提が追放な上に拾うという言葉の響きからして、アデルを尊重していないことだけは間違いないはずだ。

結構ですと断ろうとするアデルに、ダドリーが手を伸ばす。

だが慌てて手を引くよりも早く、横から伸びた手がダドリーの腕を掴んで止める。

「——俺の妻に何か用ですか、兄上」

銀の髪の美青年は、低い声でそう言うとダドリーをじろりと睨《にら》みつけた。

麗しい相貌だからこそ際立つ険しい表情も、さすがに実兄であるダドリーには効かないらしい。もちろんアデルには効果抜群なので、怖いしわけがわからないし美しいしで大混乱だ。とはいえここでウィリアムを見つめては迷惑だろうし、ダドリーに付け込まれても困る。必死に無表情を心がけているが、どこまでできているのかは不明だ。

「今更になって夫アピールされてもね」

ダドリーは鼻で笑うとウィリアムの手を乱暴に振り払い、アデルに微笑みかける。

「俺はいつでも待っているからな」

「どうぞ、お一人で永遠にお待ちください」

いくら夫と不仲で相手にされていないからといって、ダドリーと親睦を深めるつもりはない。冗談にしてももう少し言葉を選んでほしいものである。

「つれないな、黒の聖女は」

アデルの拒絶をたいして気にする様子もなく、ダドリーはそのまま手を振ってどこかへ行ってしまった。ブリアナと親しいとしても、そうでないとしても、関わりたくない相手だ。

「大丈夫ですか？」

心配そうに声をかけながら、ウィリアムは取り出したハンカチでアデルの手をそっと拭く。

「はい。いつものことですから」

平気だと伝えるためにそう言うと、目に見えてウィリアムの表情が曇った。

「いつも兄上に手を？」

「ああ、いえ。私を馬鹿にしているという意味です。まあ、他の貴族も直接言わないだけで同じようなものですけれど」

ダドリーがアデルに声をかける真意は不明だが、おおよその推測はできる。夫と不仲で惨めな聖女を馬鹿にしたいか、それを気にかける優しい自分に酔いたいというところだろう。

過去に何度かブリアナと一緒に行動しているのを見ているし、明らかにアデルを貶《けな》しても擁護したこともない。国王を交えて話した時には特にブリアナの味方ではなかったところを加味すると、ダドリーにとっては聖女自体がどうでもいい存在なのだろう。

今現在は直接の敵ではないとしても、決して味方ではない。

まあ、そもそもアデルの味方なんてほとんどいないのだが。

「それがいつものこと、ですか」

ウィリアムの眉間に皺《しわ》が寄っているが、どうしたのだろう。アデルのことはどうでもいいとはいえ、一応は妻なので自分も馬鹿にされたようで気分が悪いのかもしれない。

……それにしても、さっきからずっとアデルの手を拭き続けているのが気になる。じっと見ていると、視線に気付いたらしいウィリアムが柔らかく微笑んだ。

「アデルの手が穢《けが》れるといけないので」

汚れるならわかるけれど、穢れるって何だろう。アデルに触れたのはダドリーなのだが、兄である第二王子を汚物扱いするなんて、仲が悪いのかもしれない。

「き、綺麗になったので大丈夫です」

「そうですか？　では……」

ウィリアムはハンカチをしまうとアデルの手を放す……ことなく、そのまま指先にそっと唇を寄せた。

そのあまりの自然な動きに何の抵抗もできず、アデルはただ呆然《ぼうぜん》と成り行きを見守る。代わりに周囲の貴族達が一斉に息をのむのが聞こえた。さすがに悲鳴まで上げたのはごく少数だが、それでもその場の全員が衝撃を隠せない。

絵になる、というのはウィリアムのためにある言葉かもしれない。アデルの手を取る姿も、睫毛《まつげ》に彩られた瑠璃色の瞳も、揺れる銀の髪も、天から舞い降りた星の化身かという眩さだ。

「……な、何を」

ようやく声を出せたアデルに、ウィリアムは追い打ちのような笑みを向ける。

「仕上げです。アデルに触れていいのは、俺だけですよね？」

「――ひっ!?」

麗しさが歓喜を通り越して恐怖を呼び起こし、喉の奥から悲鳴が漏れそうになる。アデルはどうにか耐えたが、何人かの令嬢がかすれた息と共に床に倒れ込んだ。

何なのだ、この人は。

聖剣の主というよりも美貌の破壊兵器ではないか。

英雄である聖剣の主は、無類の攻撃力を誇る。……もしかして、美しさもその範疇《はんちゅう》に入るのかもしれない。何という無敵生物を夫に持ってしまったのだろう。申し訳ないやら怖いやらで逃げ出したい。

「ところで。先程は何故、俺を待たずに一人で舞踏会に行こうとしていたのですか？」

話題を変えてくれたことには感謝だが、今更それを聞く意図がわからない。

「え？　だって、迎えに来るとは思わなかったので」

結婚式のキスを拒否され、初夜も形だけ取り繕ってすぐに別居した結婚生活。今までずっと現地集合早期解散という最低限の関わりで徹底していたので、今回も同じだと思っていたのだが。

するとウィリアムががっくりとうなだれ、それを見た周囲の女性から更なる悲鳴が上がった。

「そうか、そうですよね。伝えなかった俺が悪い。……これからは必ず行くので、待っていてください」

「え、あ、はい……」

思わず「何故ですか」と聞き返しそうになったが、ここは舞踏会会場。人目がある場所で夫に対してする返答ではないだろう。そもそもこういった場に出ること自体が稀《まれ》なので、きっと次の機会にはウィリアムも忘れているはずだ。……というか、忘れてほしい。

アデルの返答は間違っていなかったらしく、ウィリアムの表情が緩み、周囲からは押し殺したため息が届いた。

キーリーは「結婚してもウィリアムに対する黄色い声が途絶えない」と言っていたが、その通り。今もチラチラとウィリアムに視線を送る女性は多く、先程からその一挙手一投足に歓声が上がっていた。更に言えば、アデルが見る限りでも五人は倒れて運ばれている。

アデルとウィリアムが不仲なのは事実だが、たいして公の場に出ていないのにしっかりとそれが周知されているのは、彼女達の噂のおかげなのかもしれない。

すると、女性達の視線が一気に鋭さを増す。一体何かと思えば、ウィリアムがアデルに手を差し出していた。

「——俺と、踊ってくれますか?」

アデルは何度も差し出された手とウィリアムを見比べ、どんどんその眉間に皺が寄っていく。

これはダンスのお誘いだ。

夫婦でパートナーである以上、ごく当たり前のことで、義務と言っても過言ではない。

ここで応じなければウィリアムが恥をかくことになるのだから、受けないという選択肢はないはず。聖女として王宮に住んで五年。各種式典や舞踏会のために、ダンスも一応身につけている。決して上手くはないが、体を動かすことは好きなので一通り踊ることはできた。

仕方がないので覚悟を決めて恐る恐る手を伸ばすと、ウィリアムはその手を取って引き寄せる。

そのまま踊り始めるのだが、ウィリアムは終始アデルを見つめ、笑みを浮かべている。控えめに言っても眼福だし、心臓に悪い。

たぶん、王命の一環でダンスを踊っているのだ。こうして一緒に踊りながら笑みを交わしていれば、不仲という噂の払拭に役立つ。

アデルに関心などないと、これは理由があっての演技なのだと。わかっているのに鼓動は落ち着いてくれない。

ウィリアムの笑みを見ては顔を伏せるという、誰が見ても初々しい夫婦になっているとは露知らず、アデルはどうにか愛想笑いを浮かべて踊るのが精一杯だった。

「ウィリアム殿下、私と踊ってくださいませ」

アデル達が一曲踊り終えた瞬間に、ブリアナが駆け寄ってくる。普段とはまったく違う猫なで声に絵に描いたような媚《こ》び媚びの動きは、思わず感心する出来栄えだ。

聖女は国の守護の要であり、敬意の対象。望まれたらダンスを断るわけにはいかないはずだし、ブリアナはそれをわかっているのだ。

ウィリアムへの様子からして好意があるか、単純にアデルへの嫌がらせだろう。

「殿下、私は少し休みます。どうぞ赤の聖女と踊ってください」

ブリアナという女性ではなく赤の聖女だから踊るのだと暗にアピールしてみるが、ブリアナは勝ち誇った笑みを浮かべているので気にしていないだろう。正直うっとうしいし阻んでもいいが、ウィリアムに迷惑をかけるだけで利点がなかった。

不満そうにうなずくところを見るとウィリアムも乗り気ではないらしく、それだけで少し気分が晴れる。

「アデルがそう望むのなら。……すぐに戻りますから」

ウィリアムの言葉にブリアナがあからさまにムッとするが、次の瞬間には気を取り直したらしく、べったりと腕にくっついている。

音楽と共に踊り始めた二人を見て、アデルの口からはため息がこぼれた。

ブリアナはもともと侯爵令嬢だけあって、こういう所作は美しい。時々アデルにいやらしい笑顔を向けさえしなければ、まさに淑女という感じでウィリアムともお似合いである。

少し離れて壁際で休んでいると、喧騒《けんそう》に紛れて色々な声が耳に届いた。

「赤の聖女はダドリー殿下と一緒にいることが多いので、てっきり婚約するのかと思っていましたが。元婚約者候補としてウィリアム殿下に未練があるのでしょうか」

「ブリアナ・リントン侯爵令嬢のウィリアム殿下へのアピールは有名でしたからね」

「ウィリアム殿下は聖女に好意を寄せている、という噂を聞いたことがありますが」

「では黒の聖女との不仲は……」

——ああ、もう聞きたくない。うんざりだ。

アデルはそのまま壁際を移動してバルコニーに出る。空気が冷たく澄んでいて気持ちが良く、見上げれば夜空には月が輝いていていていた。

「聖女に好意、ですか……」

アデルは手すりに肘を乗せると、深いため息をついた。

青の聖女は高齢、黄の聖女は幼い。ウィリアムが特殊な性癖でなければ、該当する年頃の聖女はアデルかブリアナ。そしてアデルは結婚式のキスすら拒否された不仲妻。

……答えはもう出ている。

「そりゃあ、誓いのキスを拒否して初夜も形だけで無関心になりますよね。完全に恋路の邪魔者じゃありませんか」

もともと婚約者候補だったというのは知らなかったが、だったらアデルと離婚してブリアナと結婚すれば……そもそも結婚しなければ良かったのに。

「——アデル！　ここにいたのですね」

バルコニーに飛び込んできたウィリアムの銀髪が、月の光を弾いて輝く。夢のように美しい姿を、アデルはただぼんやりと眺めた。

「……綺麗」

ぽつりとこぼれたその言葉に、ウィリアムが不思議そうに目を瞬《しばたた》かせる。

「え？　ああ、確かに綺麗な月ですね」

「そ、そうです。月がとても綺麗で！」

いけない、どうでもいい相手から褒められても気持ち悪いだけだ。アデルは慌てて愛想笑いを浮かべると、ウィリアムから視線を外す。

「随分、早かったですね」

「一曲終わって、すぐに走ってきましたから」

パートナー以外と連続で踊るのはマナー違反とされているらしいが、例外はある。あのブリアナがせっかくのチャンスを逃すとも思えないし、元婚約者云々《うんぬん》の事情を知ってしまった今、踊らない方がおかしいとさえ思うのだが。

「もっと踊ってては？」

「アデル以外と踊っても、仕方がないので」

……仕方がない。

その言葉に、胸の奥が少し痛む。

確かにアデル以外と踊っていては、不仲という噂を払拭するのは難しい。ウィリアムはどこまでも王命に忠実であり、命じられたから仕方なく踊っただけ。

それだけの関係でしかないのだ。

「……綺麗ですね」

「ああ、綺麗な月ですね」

既に終えた会話を繰り返すのは、それだけアデルと話すことがないのだろう。もうさっさと帰った方がお互いのためだ。

だがウィリアムを見ると、何故か穏やかな笑みを浮かべている。

「いえ。アデルが」

何のことかわからず首を傾げると、ウィリアムの手が伸びてアデルの髪を撫《な》でた。

「月の光を浴びた金の髪が輝いています。余計な飾りのないドレスも、あなたの美しさをより引き立てる。そのネックレスも、とても似合っています」

「……へ？」

この親しげな会話は王命の一環だろうとわかってはいるのだが、それにしたって人目のないバルコニーでまで実行されるとは思わなかった。先程人前で十分にアピールしたのだから、もう終わりでいいだろうに。

それでもアデルの頭を撫でる手と語りかける声が優しくて、本心なのではと錯覚しそうになるのだから恐ろしい。

「あの。ドレスのこと、聞きました。マントも。何故わざわざ新しくしたのですか？」

「新しいドレスはいらないと聞いたので、あのデザインが気に入っているのかと。だから形はそのままで、アデルに相応しい生地や糸を使わせました」

確かに言った気はするが、それはドレスは不要という意味だ。決して上質な生地に替えろということではない。

「マントは巡礼中のアデルの身を守るものです。常に最善の状態を保つのは当然でしょう？」

当たり前だし褒めて、と言わんばかりの輝く瞳をこちらに向けるのをやめてほしい。

「装備を整えるのは大切なことですが、いくら何でもやりすぎです。それからドレスも着る機会がないので、何着も必要ありません」

義務か世間体かあるいは厚意ゆえかもしれないが、何事にも限度がある。いくら王子の懐は痛まないといっても、無駄な出費はしなくていい。

すると、それまで楽しそうに笑みを浮かべていたウィリアムの瞳が、すっと細められた。

「マント一着でアデルの怪我《けが》を防げるのなら安いもの。本来なら騎士団を護衛につけて……いえ、俺が共に行きたいところですが」

何だかウィリアムの表情がアレだし、言っている内容もおかしい。大体騎士「団」って、どれだけ大人数で巡礼するつもりだ。

「アデルの身の安全を考えれば、石柱の方が巡礼してきて頭を垂れるべきですよね」

ね、と言われても困る。とっても困る。

大体、石柱の頭ってどこだ。あわやポッキリ真っ二つではないか。

ウィリアムの言動に混乱しすぎて、だんだんアデルの思考もおかしくなってきた。

「何にしても明日から巡礼。よろしくお願いしますね、アデル」

ウィリアムはそう言うと、アデルの金の髪をひと房すくい取り、そっと唇を落とす。既に十分混乱しているのに追い打ちとは、何という鬼畜。とにかく悲鳴を上げるわけにはいかないので、ぐっと唇をかみしめる。

……今回は、過去最高難度の巡礼になるかもしれない。

嬉しくない予感を胸に、アデルはそっとため息をついた。

第三章　放っておいて

石柱巡礼は祈りを捧《ささ》げる四色の聖女以外に、巡礼の騎士も同行する。

聖女の護衛と円滑な巡礼のために編成された彼らは、王宮の騎士の中でも精鋭だ。

本来ならば聖女は巡礼の騎士に加えて大勢の使用人を伴い、馬車に乗って優雅に街を回るのだと聞いた。だが、それでは街道沿いの大きな都市以外は回れないし、機動力が低すぎる。

唯一の巡礼可能な聖女として巡礼騎士を独占状態になったアデルは、早々に馬車を捨てて山間部に入っていた。おかげでそれに付き合う騎士は少数精鋭のサバイバル騎士となり、狩りも野宿もお手の物という謎の集団になりつつある。

そんな山慣れしたアデルですらもちょっと驚くような険しい山道を、一行は朝から歩き続けていた。

荷運び用の馬すら入れない山なのだから、これは巡礼先に選ばれないのも納得だ。

「きゃっ!?」

考え事をしていたせいか、足元の石につまずいてアデルの体が大きく前に倒れる。だが背後から伸びた手がアデルの腕を掴《つか》み、傾《かし》ぐ体を引き留めた。

「アデル、大丈夫ですか⁉」

「は、はい。ありがとうございます、でん……ウィル様」

アデルはお礼を言うと、慌ててウィリアムの手を振りほどく。王子の身分を隠すためとはいえ、この呼び方はだいぶ恥ずかしい。

大体、隠すというのならこの顔面国宝にお面でもつけるべきだし、そもそも市井《しせい》に下りてはいけない顔だ。美貌も過ぎれば毒だし、この毒はアデルにもよく効くので勘弁していただきたい。

「無理はしないでくださいね」

「巡礼なら私の方が慣れていますので、ご心配なく……わっ⁉」

今度は木の根に足を取られて転びそうになり、腰に回されたウィリアムの手ですくい上げるように助けられた。

「……すみません」

情けないやら恥ずかしいやらで、謝罪の声も小さくなる。普段ならば絶対にこんなことはないのに、ウィリアムが同行しているせいで変に緊張しているらしい。

「謝らなくていいので、気を付けてください」

アデルは抱きしめられていると言っても過言ではない状況からじたばたともがいて抜け出すと、ウィリアムに向き合う。

「あの、で……ウィル様」

「はい、アデル」

慣れない名を呼ぶアデルに、元気な返事が届く。巡礼開始からずっとウィリアムは笑顔なのだが、何なのだろう。もしかして山道を歩くのが好きなのかもしれない。早々に力尽きられても邪魔なのでありがたいが、とにかく顔を普通にしてほしい。

いや、普通の顔で十分威力が強いので……こうなると正解が何なのかわからなくなってきた。

「山道で転ぶくらいは日常茶飯事。巻き込んでウィル様に何かあってはいけません。どうぞ、私のことは放っておいてください」

アデル一人が怪我《けが》するのならいいが、聖剣の主で王子であるウィリアムに怪我を負わせたとなれば一大事。同行する騎士達の責任問題になりかねないので、自分の身を守ることを優先してもらえば十分だ。

だがアデルの言葉に、ウィリアムの声が少し低くなる。

「日常茶飯事……？　転ぶのが……？」

するとウィリアムは、腰に佩《は》いた二本の剣のうちの片方の柄《つか》にゆっくりと手をかけた。

「アデルを転ばせるとは、罪深い凹凸。この山、更地にしてしまいましょうか」

柄を握った瞬間、迸《ほとばし》る魔力がぴりりとアデルの頬を刺す。

これは、やばいやつだ。というか、ウィリアムが手をかけているのは聖剣では？

更地って……この山を吹き飛ばすつもりか⁉

冗談にしか思えないけれど、本能が警告を発している。実際に聖剣が山を吹き飛ばせるのかはわからないが、周辺に被害が出ることだけは間違いない。

「——だ、大丈夫です！　凹凸大好きなので！」

とにかく止めなくてはと必死に叫ぶと、ぴたりとウィリアムの動きが止まる。

「……大好き、ですか」

よくわからないが、何かがウィリアムの心の琴線に引っかかったらしい。もう一押しして破壊行為を防ぎたい。

「はい、大好きです！」

人生でこんなにも熱い思いを凹凸に伝えたことはないが、対応を間違えれば周辺の村も消えかねない恐怖でアデルの声にも力が入る。

「そう、ですか。……大好き、ですか」

何か呟《つぶや》いたかと思うとウィリアムは柄から手を放し、同時にアデルを追い込んだ圧も消えていく。何だか頬が少し赤いようにも見えるが、きっとさっきの魔力のせいだろう。

「ウィル様？」

「すみません。アデルの声と言葉が幸せすぎて、ちょっと感動しました」

「はい……？」

凹凸とか更地とか言っていたのに、今度は何なのだろう。

まあ、とにかく落ち着いてくれたのなら良かった。

「アデルがそう言うのなら。転ぶのは俺が止めればいいだけですしね」

何故《なぜ》か上機嫌になったウィリアムは、そう言って微笑《ほほえ》んでいる。

「いえ……ご迷惑になるので、少し離れて歩きましょうか」

そもそもどうしてアデルの真後ろを歩いているのかわからないが、距離さえ離れれば心も落ち着き、足取りも軽くなるはずなので転ぶこともない。だが、ウィリアムはきょとんとして首を傾げる。

「何故です？　夫婦なのですから、もっと頼ってくれていいですよ」

「あははは……」

アデルは下手くそにもほどがある愛想笑いを浮かべながら、じりじりと後退《あとずさ》る。すると後ろを歩く騎士達が、にやにやと笑っているのが目に入った。

「さすがは聖女と聖剣の主。惚気《のろけ》かたも普通じゃない」

「危うく更地にされるところでしたね」

「不仲と聞いたことがあるけど、噂《うわさ》はあてにならないな」

惚気じゃないし、間違いなく不仲だし、何なら無関心でどうでもいい扱いをされていた。

だが本人を前にしては肯定も否定もできず、ただもどかしい。

「いいから、さっさと行きましょう！」

叫び声と共にずんずん進んでいくアデルの背中には、無数の生暖かい視線が突き刺さった。


十軒程度の集落の中心に広場があり、そこに薄い灰色の石柱が立っている。

王宮の石柱と比べて高さの厚みもおよそ半分程度で、中肉中背の男性が立っているのに近い。国の中枢である王宮の石柱以外は、どれもほぼ同じ大きさだ。

アデルは石柱の前に立つと、包み込むように手をかざして祈りを捧げる。

――この村を守ってほしい。

そう祈ると同時にアデルから光の靄《もや》のように魔力が溢《あふ》れ、やがて手を経由して石柱に吸い込まれていく。薄い灰色だった石柱は一気に真っ黒に色を変え、その周囲には光の球がふわふわと浮いていた。

「これでもう大丈夫です」

手を下ろして振り返ると、村長をはじめとした村の人々が一斉に感嘆の声を上げた。

「こんな辺鄙《へんぴ》な山の中に聖女様が来てくださるとは、本当にありがたい。おかげさまで魔物に怯《おび》えずに暮らせます」

確かにこの山奥では、聖女も簡単には来られない。そして石柱の力が弱まれば魔物の侵入を防げずに襲われる。

……アデルが生まれた村も、そうして魔物に潰された。

真っ黒に染まった石柱を見ると安心する反面、もっと早くに来ていればと悔やむ心がある。

聖女の巡礼が難しい時期だってあるし優先順位が存在するとわかっていても、すべて納得できるわけではない。

「聖女が石柱に祈りを捧げれば、それだけで救われる命がある。……私は聖女である限り、すべての石柱を巡るつもりです」

「何とありがたいお言葉でしょう」

ひとり言に近い言葉に反応され、アデルは慌てて首を振った。

「いえ。これはただの自己満足ですから」

この村の人を守りたい気持ちに嘘はない。

だがそれは綺麗な理想ではなくて、悔恨と贖罪《しょくざい》に近いものなのだ。

「そんなことはありません。アデル……黒の聖女が巡礼に力を入れているおかげで、最近では魔物による大きな被害も減っています」

いつの間にか傍らに立っていたウィリアムは、そう言って微笑む。感謝してほしいわけではないが、それでも褒められれば嬉《うれ》しいのが人間。しかもそれがアデルに無関心だった夫なのだから、なおさらだ。

……いや、待て。

ふと、脳裏に一つの仮説が浮かび上がる。

ブリアナは、アデルのことを巡礼要員にすると言っていた。

ウィリアムは聖女に好意を抱いていて、ブリアナは元婚約者候補。

つまり、離婚阻止の目的は――ブリアナのために便利なアデルが逃げないようにする、ということなのでは？

衝撃的ではあるが、これで今までの無関心も急に甘い態度を取り始めたのも、すべて辻褄《つじつま》が合う。恐る恐るウィリアムに顔を向ければ、にこりと笑みを返された。

その瞬間、アデルの眉間に思い切り皺《しわ》が寄る。

正式に妻になるアデルとは、誓いのキスすら拒否したのに。ブリアナのためになら離婚を阻止し、どうでもいいアデルに微笑みかけるのか。

――こんなことなら、無関心なままの方がまだ良かった。

アデルは唇をかみしめると石柱とウィリアムに背を向け、その場を離れた。


巡礼騎士団長ロジャー・タウンゼントとの付き合いは長い。

本来ならば数名の聖女で受け持つはずの巡礼だが、この五年間はほぼアデルだけが担当している。つまり巡礼騎士はアデル専属と言っても過言ではない状態。

馬車に乗って移動し、街の宿で優雅に滞在する今までの聖女と違って、アデルは山道も進むし野営も日常茶飯事。

結果的に関わりが深くなるので騎士達と打ち解け、特に初巡礼から一緒のロジャーとは兄妹《きょうだい》のような親しさだ。

ウィリアムから距離を取ったアデルは、そのロジャーの隣に陣取っていた。

巡礼の日程について話しながら歩き、段差があればロジャーの手を借りて乗り越える。実に効率が良く、かつ心穏やかな移動時間だ。

後方からもの言いたげな視線を送ってくるウィリアムがいるような気がしないでもないが、聖女と巡礼騎士団長が打ち合わせをするのはごく自然であり必要なこと。誰も文句を言うわけがなく、邪魔も入らない。

ようやくいつもの巡礼の調子が出てきたアデルは、軽快に山道を下っていた。

「……聖女様。ウィル様の視線が痛いので、どうにかしていただきたいのですが」

「知りません。気のせいです」

ロジャーが嫌そうにチラチラと背後に視線を向けているが、アデルは無関係だ。

「新婚の痴話喧嘩《げんか》に巻き込まないでくださいよ」

「新婚の定義が曖昧ですし、痴話喧嘩とは親密な関係の上で成り立つものなので、私は該当し

ません」

後ろを振り返らずにずんずん進むアデルの横で、ロジャーが深いため息をつく。

「いや。どう見ても妻に手を出す男を睨む夫の目ですよ、あれは」

「ロジャーは私に手を出すことはないので、睨《にら》まれることもありません」

絶対にありえないけれど、仮にロジャーとどうにかなったとしても、巡礼さえしっかりこなせばきっとウィリアムは気にしない。

何だかもう空《むな》しいし無駄なので、黒の聖女の宮を引き払って街に部屋を借りた方がいい気がしてきた。王都に戻ったら検討してみよう。

キーリーの処遇だけは心配なので、青の聖女の宮で働けるように手配しなくては。

「ですから、聖女様……」

「アデル。少しいいですか」

思考に耽《ふけ》っていた意識を一瞬で戻す美声に、ロジャーと共にゆっくりと振り返る。

いつの間にかすぐそばに立っていたウィリアムだが、表情こそ笑顔なのに何だか身に纏《まと》う空気が不穏だ。

「はいはい、どうぞごゆっくり」

何故か笑顔のロジャーに背を押されてしまい、逃げようがない。

騎士達は詳しい事情を知らないので、夫婦の会話に対して気を利かせただけだ。

わかってはいるが、それでも長年一緒に巡礼したのにアデルを差し出して逃げるなんて酷《ひど》いではないか。

「何の御用ですか」

「俺が何か気に入らないことをしたのなら、言ってください」

何かしたというよりも、その存在がアデルの心を乱すのだ。

今まで不仲で無関心だったのに、王命なら、ブリアナのためになら。ウィリアムは、まるでアデルのことが大切かのように振る舞うのだ。

いっそ嫌いなら、無視できるのに。演技だとわかっていても心を揺さぶられるから、落ち着かない。

こんなこと、本人に説明できるはずもない。

「俺の髪が気に入らないなら切り落としますし、声が聴きたくないのなら二度と喋《しゃべ》りません。だから、アデルを悩ませるものを言ってください」

何だか急に物騒な提案をされたのだが、これはどこまで本気なのだ。冗談であれと思いながらちらりとウィリアムを見るが、どう考えても全力の本気としか思えない。

言動を一つ間違ったら大変なことになる予感しかしなくて、アデルはとりあえず深呼吸をして心を落ち着けた。

「喋らないと意思の疎通が難しく、緊急時に困ります。それからウィル様の銀の髪は綺麗《きれい》なので、そのままでいてください」

極端なことはせず、普通でいてほしい。

ただそれだけを伝えたのだが、何故かウィリアムが目を丸くして固まっている。かと思えば、みるみるその表情がとろけていく。

まったく理由はわからないけれど、あまりにも嬉しそうなその笑顔にアデルもつられて笑みを返した。

「アデルが、俺の髪を綺麗だと……！」

「そこですか!?」

感極まったとばかりに口元に手を当てているが、さっきからウィリアムの情緒の乱高下とスイッチの位置のおかしさについていけない。

「アデルが俺と意思疎通したいと思ってくれるなんて。生きていて良かった……」

「な、何だか違うような？　とにかく普通にお話しをして、普通に、普通にしていてください！」

何故こんなことを念押ししなければいけないのだと思うけれど、背に腹は代えられない。

「それならあの騎士の隣ではなく、俺の近くにいてくれますか」

「何ですか、それ。まるで嫉妬ですね」

それは絶対に違うとわかっているからこその冗談だ。だがウィリアムは真剣な表情でこちらを見つめていて、アデルは次の言葉が出てこない。

「そうですよ。アデルを他の男に触れさせたくない。ひとりじめしたい。——ただの嫉妬です」

瑠璃色の瞳がまっすぐに突き刺さりアデルが目を瞠《みは》った瞬間、ウィリアムはにこりと微笑んだ。

どくん、と心臓が震えるのがわかる。

——これは、駄目だ。

アデルは急いで視線を逸《そ》らすと、鼓動を鎮めるために胸のあたりを手でぎゅっと押さえる。

流されるな。惑わされるな。騙《だま》されるな。

ウィリアムは結婚式の誓いのキスさえ拒否した、無関心な夫。聖女として働くのも巡礼も苦ではないけれど、ブリアナのために動く人に従いたくはない。

それなのに、ドキドキして胸が苦しい。今ウィリアムの顔を見たら、負けてしまう自信がある。

「と、とにかく今は先を急ぎましょう！」

卑怯《ひきょう》なり、顔面国宝！

情けない、自分！

アデルが早足で山道を下り始めたので、騎士達が慌てて動く音が聞こえる。色々な意味で迷惑をかけて申し訳ないが、聖女としての仕事は頑張るので今回だけは大目に見てほしい。

こんなことを繰り返すわけにはいかないので、この巡礼が終わったらきちんとけじめをつけなければ。

一心不乱に前だけを見て歩き続けた結果、予定よりもだいぶ早くに集落にたどり着いたが、その入口で村人に行く手を阻まれる。

数人の男性は巡礼一行を一瞥《いちべつ》し、露骨に表情を曇らせた。

「悪いが、聖女を村の中に入れるわけにはいかない」

その言葉に、巡礼一行は首を傾げる。

「石柱巡礼の連絡は届いているはずですが」

ロジャーの声にも困惑の色が見えるが、それはそうだろう。

国中に点在する守護の石柱は、結界を支える要。聖女が巡礼で祈りを捧げなければ、最悪石柱が力を失い、結界も消えてしまう。戦う以外に魔物に対する唯一の防衛策と言ってもいいのが、石柱。それゆえに石柱巡礼は懇願され、歓迎されることがほとんどなのだが。

アデルはちらりと奥の様子を窺《うかが》うが、集落の中央に佇《たたず》む石柱は薄い灰色で半透明だし、光の球も飛んでいない。

「ここから見る限り、石柱の魔力は尽きかけています。安全のため、早く祈りを捧げた方が」

「とにかく、村には入れられない。帰ってくれ！」

忌々《いまいま》しいとばかりに言葉を遮ると、男性はアデルを突き飛ばした。

「きゃっ」

「アデル！」

避《よ》けきれずに少しバランスを崩した体を、ウィリアムが背後から支える。同時に巡礼の騎士達が一気に殺気立って剣に手をかけた。

騎士達の使命は聖女を守り、巡礼を滞りなく進めること。聖女に害をなす者と判断すれば、手荒な手段に出る可能性もある。

そして国王の命で巡礼する聖女を守る騎士には、それが許されていた。

「アデルに手を出したからには、覚悟はできていますね？」

とにかく騎士を止めようと思った矢先に、アデルを抱えるウィリアムの低い声が耳に届いた。

さすがに空気が変わったのを察したらしく、村人の表情に怯えが見える。それでも道を開ける気配はなく、このままでは揉《も》め事になりかねない。

アデルはウィリアムの手を振りほどくと、村人との間に割って入る。

「待ってください」

聖女に手を出した時点で、最悪騎士が村人を斬り捨ててもお咎《とが》めなしだ。しかもこの場には非公式とはいえ王子がいるので、大事になったらもう庇《かば》いきれない。更に王子自らが村人に非があると断じれば、ことは村全体にまで及んでしまう。

どうにか食い止めたくてウィリアムと騎士達に視線を送ると、察してくれたらしい騎士達は剣から手を離した。

「石柱が力を失うとどうなるのか、私は身をもって知っています。明日また来るので、どうか考え直してください」

渋々うなずく村人に見送られる形で来た道を戻った巡礼一行は、山中で休憩を取っていた。

本来なら祈りを捧げたら下山して麓の町に泊まる予定だったが、このぶんでは難しい。

日程の調整は問題ないが、明日も断られると厄介だ。どう説得したものだろう。石柱の重要性を今更説いても聞いてくれそうになかったし、権力や武力で無理矢理押し通すのは好きではない。

だが祈りを捧げることをやめる、という選択肢はない。

それはつまり、あの集落と住人の命を捨てるということだから。

どうしても受け入れてもらえない時には、闇に紛れてひっそりと祈りを捧げるしかない。こうなると、もう巡礼というよりも奇襲と言った方が正しい気がしてきた。

切り株に腰を下ろして色々考えていると、隣の倒木に座るウィリアムのため息が耳に届く。

美青年は吐息だけでも美しい。新たな発見にアデルは少し感心した。

「ウィル様。ことを荒立てないでくださって、ありがとうございます」

あの場でウィリアムが聖女であるアデルを守るのは正しい行動だ。たとえアデルが止めても、ウィリアムが必要だと判じて命じれば、騎士達は村人を粛清しただろう。

「アデルに危害を加える者は許し難いですが、止められなかったのは俺にも責任があります。それに……アデルの望むことを叶《かな》えてあげたいですから」

「あ、ありがとうございます」

前半にはただ感謝しかないのだが、中盤以降の言葉に心がざわつく。今まで無関心だったからこそ、少し気にかけられるだけでドキドキするのだ。

空腹だとご飯が一層美味《おい》しい。それと同じことなのだ、きっと。

アデルはうんうんとうなずいて、自分に言い聞かせる。

「それにしても、まさか聖女の巡礼を断る者がいるとは思いませんでした」

衝撃、という様子のウィリアムを見て、近くに立っていたロジャーが困ったように笑う。

「たまにあるんですよ。変な教えにかぶれて石柱を軽んじたり、今までの平和を過信したり。勝手に石柱を壊した村も見たことがあります」

騎士達もそのあたりは理解しているが、聖女を守る存在としてアデルに手を出されれば見逃すわけにはいかなかったのだろう。

回避が遅れて転倒していたらこんなものでは済まなかったと思うと、ぞっとする。

「守護の石柱を壊す⁉　その村は今……？」

ウィリアムの問いに、ロジャーはゆっくりと首を振る。

「俺達が到着した時には、既に瓦礫《がれき》の山になっていました」

「そんな」

驚くのも無理はない。

王子であるウィリアムは国で最大の、王宮の守護の石柱のもとで育っている。王宮では聖女が祈りを捧げるし、たまに迷い込む以外で魔物が侵入することもない。だから平和な日々が当然になって石柱の存在が薄くなるのもわかる。ブリアナが巡礼を軽んじるのも、恐らくそれが理由だろう。

彼らにとっての石柱は、結界云々《うんぬん》よりも権威の象徴なのだ。

だが、王都から離れた集落ではまったく意味合いが異なる。

魔力が尽きかけている石柱の防御は、弱い。本来壁として機能する結界が細い糸でできた網程度になれば……魔物の数や強さ次第で侵入を許してしまう。

そしてそれは石柱を物理的に破壊してしまった場合にも同じ。いや、聖女の祈りで直るものではないので、石柱の破壊はより深刻と言えた。

「今夜はここで野営して、明日の朝一番に村に行きましょう。最悪、忍び込んででも祈りを捧げます」

たいした距離ではないし、アデル一人石柱に近付くことくらいできるだろう。実際、そうやって祈りを捧げたこともあるので、どうにでもなる。

ロジャー達も意図を察してくれたらしくうなずくが、ウィリアムだけが何だか神妙な顔つきだ。

「野営、ですか？」

「ああ、ウィル様はそのまま町におりていただいても」

なるほど、そこが気になっていたのか。

確かに王宮育ちの王子様に山中で転がって眠れというのは、酷というものだ。

するとウィリアムが慌てた様子で首を振った。

「アデルを置いていくわけがないでしょう。そうではなく、ここで一夜を明かすのですか」

「湧き水も近くにありますし、見晴らしもいい。非常食の用意はありますし、夜は火を焚《た》きます。見張りもいるので、どうぞご安心ください」

なるほど、設備や食料の心配か。

巡礼の騎士は図らずも野営の腕が上がっているので、ただの野宿に比べたら快適だ。特にロジャーの木の実採集能力はかなり秀逸で、デザートとしても申し分ない。

王子の身を守るという意味でも、十分に機能するのだと伝えなければ。

「そうではなくて、アデルも一緒に休むと？」

「さすがに夜の山で単独行動は危険なので、火のそばにいるのはお許しください。気分が悪いようなら、木の陰で姿が見えないようにしますので」

眠る時までアデルが視界に入るのが嫌ということなのだろうが、巡礼中に騎士とあまり離れるわけにはいかない。もしアデルに何かあれば、責任を問われるのは騎士達なのだ。

だがウィリアムは首を振る。それと共に銀の髪が揺れて、輝く様が美しい。

「違います、俺が聞きたいのはそこではなくて」

何かを言いかけてやめると、ウィリアムは気まずそうに目を伏せてしまう。人形かというほどに長い睫毛《まつげ》が瑠璃色の瞳を覆い隠すことで、色気が三割増しだ。

本当に綺麗な人だなと感心していると、ウィリアムは意を決したように勢いよく顔を上げた。

「つまり、アデルの寝顔を公開しているということですか？」

「え？　公開というか……まあ、隠してはいませんね」

もちろん女性であるアデルを気遣って寝場所を配置してくれるが、あまりにも騎士達と離れては護衛上の問題がある。それに今更寝顔など気にしたこともなかった。

「何ということ……」

ウィリアムががっくりとうなだれているが、これは仮にも王子妃なのだからもっと淑《しと》やかにしろということだろうか。そうは言ってもここは山の中だし、今は巡礼中。半端に恥じらわれても騎士達も困ってしまうだろう。

「アデルの寝顔、寝顔ですよ？　俺だってろくに見たこともないのに。天使の……いや、女神のごとき尊い姿なのに、夫でもない男が見放題……！」

何やらうつむいたままぶつぶつと呟いているのはわかるが、何を言っているのかまではよく聞き取れない。

ただ、ウィリアムの近くに立っていたロジャーがそっと距離を取っていくのが、少し気になる。

すると顔を上げたウィリアムはそのままアデルの前にひざまずき、その手をがっちりと握りしめた。

「これからは俺がアデルの寝顔を守りますから、安心してくださいね！」

「え？　あ、はい？」

守るも何も、別に寝顔が危険に晒《さら》されたことなどないのだが、ウィリアムはそのままてきぱきと動き始める。

広場の中でも地面が湿っていない、吹きさらしの風が当たらない場所を探し出したかと思うと、そこに落ち葉を敷き詰め始めた。どうやら断熱と緩衝材の意味があるようだが、それにしたって大量すぎて、もはやふわふわの木の葉のベッド状態だ。

そのまま飛び込んでも気持ち良さそうだなと思っていると、どこからか調達してきた毛布で葉をくるみ、本格的なベッドが完成する。

その手際に感心していると、今度は近くの木の枝とにらめっこし始めた。美貌の王子の謎の行動を、騎士達も不思議そうに見守っている。

するとウィリアムは腰の剣に手をかけた……と思ったら、木の枝が突然落ちてきた。

アデルの手首よりもなお太いその枝には、たくさんの葉がついている。ウィリアムはそれを拾い上げると、自作の木の葉のベッドの周囲に何本も突き刺していく。枝と葉で囲われたベッドの様子は窺うことができない。

満足したとばかりにうなずいたウィリアムは、アデルのそばにやってくると弾《はじ》けるような笑みを浮かべた。

「これでアデルの寝顔は誰にも見られません！」

「え？　そのためだけにわざわざ!?」

てっきりウィリアムの寝床なのだと思っていたら、あれはアデル用だったのか。とても王子とは思えない手際な上に、途中おかしな動きもあったが、とにかく何だか凄《すご》いのは間違いない。

「せっかくなので、ウィル様が寝てはいかがですか？」

「あれでは不足ですか？　もっとふかふかに？　それとも壁となる枝が足りませんか？」

「いえ、私は地面に転がっても眠れるので。ウィル様が土で汚れるといけませんし」

うっかり希望を伝えたら火の中水の中に飛び込んでも叶えそうで、何だか怖い。それに実際、ウィリアムの美しい銀の髪が土まみれになる方が精神的にアデルの負担になるので、是非とも木の葉のベッドで寝ていただきたい。というか、そんな王子を見てみたいという好奇心もある。

だが邪《よこしま》な理由でベッドを辞退したアデルの手を、ウィリアムはそっと包み込むように握りしめる。

「俺のことを心配してくれるのですか。アデルが、俺の体を汚さぬようにと……」

「あの。何だか嫌な響きなので、ちょっと訂正してほしいです」

「アデルの寝顔を守るために寝ずの番をしますので、安心してくださいね」

心配無用とばかりに微笑まれたが、もはや不安しかない。

「いいから寝てください！　一晩中ウィル様に見つめられて、眠れると思います⁉」

「……え」

アデルが必死に叫ぶとウィリアムがぽかんと口を開けて固まり、そして慌てて首を振った。

「いえ、そういう意味ではなく。いや、それでもいいのですが。ああ、そうではなくて！」

ウィリアムは珍しく落ち着かない様子でそう言うと、ゆっくりと深呼吸をした。

「すみません。色々焦って混乱しました。アデルに不埒な真似《まね》をしようとしたわけではないのです。ただ、安全に快適に寝てもらいたくて」

それはそうだ。ウィリアムはアデルに興味などないのだから、そういう意味でないことは重々承知している。ただ、提案内容があまりにもアレだったのでこちらも慌ててしまっただけだ。

「とりあえず、夕食の準備をしましょう。皆の手伝いをしないと」

アデルが立ち上がると、少し離れた位置にいたロジャーがそれに気付く。

「ああ、もう新婚夫婦の惚気は終わりですか？　それなら小枝を拾ってきてください」

だから新婚の定義が曖昧だし惚気じゃないと言いたいのだが、既に結構な時間を使っている。

野営では皆で食事の準備をしないといけないので、今は反論している場合ではない。

まだ少し赤みの残る頬をさすりながら、アデルは渋々小枝を拾った。

夕食を終えると、騎士達は火を囲むようにして談笑している。

アデルは少しだけ離れた倒木に腰を下ろして、それを眺めていた。

暗闇の中で揺れる炎は明るく、温かい。パチパチと爆《は》ぜながら燃える火をじっと見ていると、思い出したくないことがよみがえりそうになって、慌てて顔を背ける。

すると今度は揺らめく明かりに輝く銀の髪が目に入った。

アデルの隣に腰を下ろしたウィリアムは、静かに夜空を見上げている。座るところなんていくらでもあるのに、何故隣にいるのだろう。気まずいことこの上ないので、移動してしまおうか。

知らずため息がこぼれると、ウィリアムがそれに気付いてこちらに顔を向けた。

「アデル、大丈夫ですか。疲れました？」

「いえ、どうぞお構いなく」

「……俺がいると休めないようなら、少し離れましょうか？」

だったらそもそも近付かないでほしいが、正直に言うわけにもいかない。それに石柱の魔力が尽きかけた村のそばで、王子を騎士から遠ざける方が心配だ。

巡礼中なのだから、何よりも安全を優先しなければ。

「離れないで、そばにいてください」

返事がないので横を向けば、ウィリアムが目を丸くして固まっている。

どうしたのだろうと見つめていると、今度は手で口元を覆って少しうつむいてしまった。

「あ、違います！　危険なので騎士達から離れないでという意味であって、他意は」

いけない、言葉選びを間違った。これでは自分のそばにいてほしい、と懇願しているみたいではないか。

王命もあるとはいえ、好きな人のためにどうでもいい妻に微笑みかける苦行に耐えるウィリアムに、酷い追い打ちをかけてしまった。目的としては成功でも、不愉快極まりないだろう。

だがウィリアムは怒るでも嫌がるでもなく、ただ頬を赤らめたまま口元を綻ばせた。

「わかっていますよ。……でも、アデルに『そばにいて』と言われたら、嬉しくて」

何だそれ。何なんだそれ。

ただでさえ顔面国宝の威力は凄《すさ》まじいのに、照れた演技で微笑んだ上に嬉しいとか言い出した。この微笑みと言葉にときめかない人間がいるだろうか、いや、いない。

もしかすると嫌われていないかもしれない、という気持ちがむくむくと育ってきて、心の中で刈り取り作業に大忙しだ。心臓があまりの急加速に悲鳴を上げているし、頬が熱すぎて雪の中に顔を突っ込んでしまいたい。

本当はブリアナのことが好きなくせに……！

互いに何も言えなくなっていると、火を囲んでいた騎士の何人かが立ち上がる。

「……村の方の様子がおかしい」

誰かの一言に山の奥に目を向けると、微《かす》かに火の手が上がっているのが見え、いくつもの遠《とお》吠《ぼ》えが耳に届く。

「――魔物の襲撃だ！」

ロジャーの叫びに、アデルは跳ねるように立ち上がった。


村の中には既に数匹の狼《おおかみ》型の魔物が侵入していて、家畜が襲われている。一部では建物から火の手が上がっており、村人らしき人影がいくつも見えた。

手に鍬《くわ》を持った人が数名いるが、魔物は家畜の方に夢中で人間には見向きもしていない。だが村人が攻撃するか魔物の気が変われば、あっという間に皆襲われるだろう。

「とにかく石柱に祈りを捧げます！」

走って村に到着したアデルは、辺りを見回してすぐにそう判断を下す。魔物が何匹いるのかわからないし、結界を強めて追い出した方が早い。

ロジャーも意図を察してくれ、うなずく。

「聖女様の補佐を最優先、突っ込むぞ！」

すると、その声でアデル達に気が付いたらしい村人が、一斉に駆け寄ってきた。

「ああ、騎士様！　どうかお助けください。魔物が！」

鍬を投げ捨てた村人が、騎士達に縋《すが》りつく。

「わかっている。だから今、聖女様が石柱に祈りを」

「石柱なんてどうでもいい！　魔物がいるんだぞ！」

声を上げた村人に飛びかかってきた魔物を、アデルが魔力を纏った拳で吹き飛ばす。地面に叩《たた》きつけられた魔物は犬のような高い声を上げ、よろよろと立ち上がるとこちらに向かって唸《うな》り始めた。

いちいちこれに付き合っていては、時間の無駄だ。

「そこをどいてください。早く石柱に」

「家畜が襲われているんだ」

「あんたも強いのなら、早く助けてくれ」

アデルの腕を掴もうと伸びてきた村人の手を、ウィリアムが捻《ひね》り上げる。

「聖女の祈りを拒否しておいて、随分と勝手な言い草ですね」

「うるさい！　あんな石ころに何の意味がある！」

ウィリアムが手を放すと、村人は険しい顔で睨んできた。

「……石ころ、ですか」

アデルがぽつりと呟く。

その声音の冷たさに気付いたらしい村人の表情が、さっと強張《こわば》った。

聖女を敬えとは言わないし、石柱に意味を感じるかどうかも個人の考え方だ。だが、それを他人に押し付けるのは違う。

この村の住人全員が満場一致で石柱も聖女も不要で村を滅ぼしたいとでも言わない限りは、アデルは祈りを捧げるだろう。

……いや。村人が勝手に石柱をいらないというのなら、アデルだって勝手に祈りを捧げるだけだ。

村人をじっと見つめると、アデルはにこりと微笑んだ。

「では――石ころの力、存分にご覧ください」

魔力を込めた光を纏う拳を、思い切り地面に振り下ろす。土に触れるよりも早く生じた光と風により、村人達が悲鳴を上げて吹き飛ばされる。

障害物がなくなった広場を駆け抜けると、アデルは石柱に手を伸ばした。

「さあ。守護の石柱改め、ただの石ころ。あなたの村を守りますよ！」

一気に魔力を注ぎ込むと、半透明の灰色だった石柱がすぐさま真っ黒に変化していく。

同時に光の球が舞い始め、周囲に眩《まばゆ》い光の波が一瞬で押し寄せた。村中が明るく照らされると、魔物が悲鳴のような声を上げ、慌てた様子で走り去る。

光の波が消えた村の中に、もう魔物の姿はなかった。

……ああ、さすがに一気に魔力を使うと目が回る。

ふらふらとよろめいたアデルの肩を、ウィリアムが支えた。

「アデル、大丈夫ですか？」

眩暈《めまい》ですぐに返事ができないのでとりあえずうなずくと、ほっとため息をつくのが見えた。

だがウィリアムは手を放すどころか、アデルを抱き寄せる。

これは一体何だろう。傍目《はため》には妻を心配する夫……いや、素性を明かされていない村人からすると、聖女を心配する騎士なのだろうが。

放置できないほど酷い顔色なのかもしれないけれど、今はのんきに支えられている場合ではない。

「聖女様、ご無事ですか」

ロジャー達が駆けつけてきたので、ウィリアムの胸を押して距離を取る。聖女としてこの場にいるのだから、あまりみっともない姿を見せるわけにはいかないのだ。

「大丈夫です。おかげで石柱は満たされました」

騎士達が一斉にほっとするのとは対照的に、アデルに吹き飛ばされた村人の表情は険しい。

「何をのんきな。家畜は襲われたし、壊れた家もある、まだ火も消えていないんだぞ！」

「それなら無事な家畜を保護し、負傷者を手当てし、火を消すのが優先でしょう。石ころの聖女に文句を言う暇があったら、まずは自分が動いてください」

別に崇《あが》め奉って感謝しろとは言わないが、邪魔された上に文句を言われても困る。

「何だと？　聖女と騎士だと言うのなら、村のために働くのが当然だろう」

その一言に、ウィリアムの端正な眉がぴくりと動いた。

「聖女の役割は守護の石柱に祈りを捧げること。騎士達はその護衛。これは国王命令であって、慈善事業のために訪問しているわけではありません」

「何だよ。偉そうに！」

「──おまえ達、何という失礼を！」

建物の陰から現れた老齢の男性はそう叫ぶと、アデルと村人の間に割って入る。

「でも、村長」

苛立《いらだ》った様子の村人が何かを言いかけるが、村長のひと睨みですぐに口を閉ざした。

「恐れ多くも聖女様を追い返したというのに、魔物の襲撃に力を貸してくださり、こうして石柱は満たされた。この方々がいなければ、村は全滅したかもしれない。まずは礼を述べるのが筋というものだろう！」

村長は村人を叱り飛ばすと、すぐにアデルに向かって深く頭を下げた。

「度重なる無礼、お詫《わ》び申し上げます。そして石柱に祈りを捧げてくださってありがとうございます。──ほら、おまえ達さっさと動かんか！」

村長に檄《げき》を飛ばされた村人達が、飛び上がって走り出す。既に消火に当たっている村人もいて、もう少しで鎮火できそうだ。

「私達も手伝いを……」

する、と言いかけた瞬間にくらりと目が回る。ふらついた体を支えたウィリアムが、小さく息をついた。

「ずっと山を歩いて寝ていない上に一気に魔力を放出したのですから、無理はいけません」

「我々が手伝いに回ります。聖女様はウィル様と共に、ここで少し休んでいてください」

ロジャーにまでそう言われてしまえば、抵抗するわけにもいかない。石柱のそばに腰を下ろすと、その隣にウィリアムと村長も座った。

「私の知らぬ間とはいえ、聖女様には大変な御無礼を」

村長は座ったまま頭を下げているのだが、このまま下げ続ければ地面に頭がついてしまう。何なら地面を抉《えぐ》りそうな勢いだが、そこまで謝られてもかえって困る。アデルはそっと村長の肩を叩いて微笑んだ。

「私も何人かぶっ飛ばしたので、おあいこです。ところで、この辺りでは守護の石柱は石ころ扱いなのですか？」

聖女の能力が特殊であっても、アデル自体が特別なわけでも神聖なわけでもないので、無礼云々は正直どうでもいい。それよりも気になるのは、村人が石柱を石ころ呼ばわりしていたことだ。

石柱の効果を疑問視する人はたまにいるけれど、ここまで強固な意志を持つ人が多いのなら面倒なことになる。

「今回のことは少し前に訪れた旅人のせいなのです。聖女を村に入れると災いがある。ただの石ころを崇める詐欺師。聖女を排除したら村が栄えて豊かになった、と言って金貨を見せつけたとか」

村長は深いため息をついて、がっくりと肩を落としている。少し騒がしいので村の入口の方を見れば、どうやら鎮火できたらしい。

「もちろん、ほとんどの住民は怪しい話を信じませんでした。ただ一部の若者が貧しい暮らしを聖女様と石柱のせいにし始めて……この有様です。本当に申し訳ありません」

あらためて村長が頭を下げる。

聖女の石柱巡礼を拒んだばかりか、聖女を追い返し、手を出し、魔物に襲われている最中に祈りを捧げるのを妨害した。これを報告すれば、恐らくこの村には相応の罰が与えられる。日頃の鬱憤を恩恵が見えにくい石柱と聖女で晴らしたいのはわからないでもないが、とても危険な行為だ。

アデルとしては馬鹿正直に報告するつもりはないけれど、それよりも気になることがあった。

「その旅人の特徴は憶《おぼ》えていますか」

一部の村人の過ちなら、この村長がいれば今後は防いでくれるだろう。だが石柱を軽んじる思想を広げている人がいるのだとしたら、それは看過できない。

「背格好は特にこれと言って何も。金貨を入れていた袋の飾りが妙に豪華だったくらいで」

それでは、ほとんど何もわからない。まあ、王宮に戻ったら神殿に報告して対策を練ってもらうしかないだろう。

すると大人しく話を聞いていたウィリアムが口を開いた。

「飾り。……それは、こんな模様だったのでは？」

落ちていた木の棒で、地面に模様を描く。それを見た村長が、何度もうなずいた。

「そうです。よくご存じで。……ああ、呼ばれているので失礼いたしますね」

村長はゆっくりと立ち上がると、そのまま鎮火した建物の方へと歩いていく。

だが、アデルは地面から目を離せない。

「ウィル様、これは……」

アデルの言いたいことを察しているであろうウィリアムの眉間に、皺が寄っていく。

「王家の花である百合《ゆり》と守護の石柱を簡略化したもの。……王族か神殿しか使うことはできません」

つまり、王族か神殿が、聖女の巡礼を邪魔している――!?

「王族か神殿が聖女の石柱巡礼を邪魔する……か」

アデルは宿のベッドに転がりながら、ウィリアムの言葉を思い出していた。

ため息をつくと起き上がり、用意されていた水を口にする。檸檬《レモン》が浮かべられた水は、爽やかな香りで美味しい。

現在巡礼できる聖女はアデル一人で、これが絶えれば魔物の襲撃が増えていく。旅人は聖女と石柱が不要だと印象付けたみたいだけれど、王族と神殿のどちらも邪魔をする利点があるとは思えない。色々考えてはみるのだが、やはり答えは出なかった。

アデルはコップを置くと、思い切り伸びをする。

「とりあえず、今日はお休み。面倒なことは忘れて、少しのんびりしましょう」

聖女の巡礼とはいえ毎日移動と祈りでは疲弊してしまうので、休みを取るのも大切な仕事だ。今日は地方の大きな街なので、見て回るだけでも賑《にぎ》やかで楽しそう……と、思っていたのに。

街の通りを歩くアデルは、ちらりと背後を振り返る。そこには一応普通の服装のウィリアムとロジャーの姿があった。

「……どうしてついてくるのですか」

「せっかくのお休みなので、アデルと一緒に過ごしたいのですが」

「巡礼中の聖女様の身の安全を守るのが、我々の仕事です」

真剣に訴えられてしまい、アデルとしても困惑するしかない。

大体、この二人は目立つのだ。

ロジャーは長年騎士を務めているだけあって筋肉がしっかりとついており、普通のシャツを着ていても力強さがにじみ出る。その胸板に女性のみならず男性までもが熱い視線を送っていた。

ウィリアムに至っては顔面が国宝なので、たとえ襤褸《ぼろ》を纏ってても美しさが陰るはずもなく。光を発しているのでは、と思わせる眩い微笑みに通りすがりの女性が悲鳴を上げて座り込んでいた。

結果、誰もが振り返る二人を引き連れて歩くアデルも、まとめて目立ってしまっている。

アデルはただ、普通にのんびりと街歩きをしたかっただけなのに。せっかくの休日が、これでは何ひとつ休まらないではないか。

「一人で歩きたいです」

「いけません」

「アデルを一人にしたら、攫《さら》われてしまいます」

アデルの要望に、間髪入れずに二人の拒否が返ってきた。いつの間に仲良しになっているのだ、この二人。

「立場を隠しているので、この街では安全です」

確かに聖女がふらふらしていたら、よからぬ人に目をつけられることもあるかもしれない。

だが今日はアデルも普通の格好だし、二人さえ離れてくれれば目立つことなく街歩きできるのだが。

「それがなくても、です。アデルはもう少し自覚を持った方がいいですよ」

「どういう意味ですか」

聖女であることを隠しきれていない、ということだろうか。服装を変えただけではあるが、誰も巡礼に来た聖女の顔なんて憶えていないだろうに。

「可愛《かわい》らしい女性は人攫いに狙われやすい、ということです」

「――――は!?」

ウィリアムの言葉に動揺してよろめいた瞬間、足に何かがぶつかる。子供が尻餅をつくと同時に、ころころと石畳の上を小さなものが転がった。

アデルはすぐさま子供を抱き上げて立たせると、しゃがんだまま目線を合わせる。

「ごめんなさい。怪我はありませんか?」

「大丈夫」

年の頃六歳くらいだろうか。男の子はアデルを見て一瞬固まったが、すぐににこにこと微笑んだ。

どうやら怪我はしていないらしいと安心すると、転がったものを拾い上げる。石に短い鎖がついたそれに似たものを、アデルは見たことがあった。

「これは、お守り?」

守護の石柱の材料となる特殊な魔鉱石の欠片《かけら》だ。この大きさでは込められる魔力も微々たるものだし、そもそも魔力を込めることができるのは聖女だけ。だが石柱と同じ石だというだけでも、ありがたいお守りとして人気なのだと聞いたことがある。

「うん。お母さんにもらったの。魔物から守ってくれるんだよ！」

得意げに胸を張る男の子の様子からして、このお守りは大切なものなのだろう。

……お母さん、か。

魔物に襲われた村で唯一の生き残りだったアデルに手を差し伸べてくれたのが、ゾーイだ。アデルにとっての第二のお母さん。魔物の被害に遭う人を減らすため、ゾーイへの恩返しのため、アデルにできることをしなくては。

アデルは手の中のお守りにそっと魔力を込める。薄汚れた半透明の石は、すぐさま美しい黒に変化した。

「あれ、黒くなってる」

手渡されたお守りの変化に、男の子は不思議そうに石を眺めている。

「きっとお守りの力ですね」

「うん。お母さんに見せてあげなくちゃ。お姉ちゃん、バイバイ」

手を振って立ち去る男の子を見送ると、背後からため息が聞こえた。

「一応、言っておきますが聖女の魔力は」

「わかっています。でも休日にちょっと石に触っただけなので、大目に見てください」

ロジャーに言われるまでもなく、わかっている。無償で与えればきりがないし、誰もがもらったもので満足する慎ましい人間ではない。

余計な問題が起きないためにも、ある程度の管理は必要だ。

「アデルは優しいですね」

「……私は今、違反行為をしたのですが」

「自覚があるなら、控えてください」

ロジャーは騎士として規律を守るため、そして騒動になってアデルが巻き込まれないために注意してくれている。だがウィリアムは一体、どういう意味でこんなことを言っているのだろう。

単純に子供を助けたという評価なのだとしたら、ロジャーの言っている意味を理解できない人ということになるが。一国の王子が随分とのんきなものだ。

いや王子だからこそ、こういう偽善を大切にするべきなのかもしれない。

何にしてもウィリアムが見ているのはアデルではなく、聖女。深く考えないようにしよう。

「確かに聖女の魔力を軽率に分け与えるのは良くありません。でもアデルの優しさを否定するのは違うでしょう。……俺は、とても尊いと思いました」

まっすぐに微笑みながら訴えられれば、目を逸らすことができない。

諸々《もろもろ》を承知の上で、聖女としてではなくアデルに対して優しいと言っている。こんなことは初めてで、どうしたらいいのかわからない。顔が熱を持っていくし、心臓がドキドキしてうるさい。

「あ、ありがとうございます」

とりあえずお礼を言って顔を背けるが、鼓動が収まる気配はない。無関心王子だったのに、とんでもない変わりようだ。これはブリアナのための演技とわかっていても、その笑顔は反則。顔面国宝と好意が肩を組んだら、無敵ではないか。――酷い！

アデルは見当違いの怒りを持て余しながら、街中をただ歩くしかなかった。

そうして歩いて、歩いて。

すっかり疲れきったアデルは、夜の酒場でお酒を飲んでいた。

当然のように、同じテーブルにはウィリアムとロジャーが座っている。結局、一日中二人がついてくるから全然休めなかった。

特にウィリアムが、ことあるごとに褒めるし、微笑むし……本当に勘弁してほしい。こちらは一年間の白すぎる結婚生活に慣れているのだから、急な変化は刺激が強いのだ。

アデルは深いため息をつくと、グラスに口をつける。普段はお酒を飲まないが、今日は特別だ。「飲まないとやっていられない」というのは、きっとこういう日のことを言うのだろう。

「アデル、あまり飲みすぎない方が」

誰のせいだ、誰の！

文句の一つも言ってやろうかと思うのだが、ウィリアムに心配そうに見つめられれば、あっという間に怒りもしぼんでしまう。それが、悔しい。

何なのだ、結婚式の誓いのキスすら拒否したのに。初夜も形だけ取り繕ってすぐに別居で、ずっと最低限のエスコート以外関わらなくて。巡礼だって計画書を提出しても無反応で。

この一年間、ずっとずっとアデルのことには無関心だったのに……今更。

思い返したら頭にくるわ悲しいわで、それらを押し流すようにアデルは残っていたお酒を一気に飲み干す。

ウィリアムは巡礼要員を確保するために、形だけの嫌いな妻にさえ笑顔を向けるのだ。王命なら、ブリアナのためになら……。

ああ、駄目だ。目が回る。

逆らうことなくテーブルに体を預けて顎をのせると、ウィリアムが慌ててアデルの背を撫《な》でた。

「アデル、大丈夫ですか」

「ぜんぜん、だいじょうぶじゃ、ない」

「え」

アデルの答えに、ウィリアムが目を瞬《しばたた》かせる。もちろん、そんな顔だって美しいのだから嫌になってしまう。

「これは珍しく、完全に酔っていますね」

ロジャーは豆を摘まみながら、他人事《ひとごと》のようにこちらを見ているだけだ。

「のんきにしている場合ですか。とりあえず、水を……」

「どうせ、りこんするもの。ほうっておいて」

ぽろりとこぼれた本音に、ウィリアムがびくりと震える。そして端正な顔があっという間に悲しそうな表情に塗り替えられていく。

「しません。離婚はしません」

そう、恐らくはしないのだろう。……ブリアナのために。

単純明快な答えに、アデルの黒瑪瑙《めのう》の瞳が潤み始める。

この一年、ウィリアムがアデルのことをどうでもいいと思っているのは十分に理解した。これ以上、もう翻弄しないでほしい。

「りこんしても、せいじょをつづけます。それで、まんぞくでしょ。もう、ほうっておいて……」

どうせ関心などないのだから、優しくなんてしないで。

瞳から涙がこぼれ落ちると、アデルはそのまま意識を失った。

第四章　気力を抹殺する三文字

アデルは拳に魔力を集中させる。

ふわりと光を纏《まと》ったような感覚になった瞬間、眼前に迫った魔物を一撃で吹き飛ばした。

猪《いのしし》に似たこの魔物は動きが直線的なので、アデルとしても戦いやすい。

巡礼の移動中にこうして魔物に遭遇するのは日常茶飯事。それだけ石柱の力が及ばぬ僻地《へきち》に行くことが多いとも言えた。

「これで終わりのようですね。――負傷者はいないか？」

ロジャーの声に、騎士達が剣を鞘《さや》に収め、確認と後片付けが始まる。

「アデルは相変わらず強いというか……魔物がよく飛びますね」

「ウィル様こそ。剣の腕を上げました？」

初めて会った時点でも剣を手にしてはいたが、もう少し年相応の隙があった。それが今では、聖剣なしでも騎士にも引けを取らないだけの動きをしている。

どう考えても王族に必要ない技術のような気がするが、単に体を動かすのが好きか、天性の才能があるのかもしれない。

「初めて会った時、アデルが俺を魔物から守ってくれたのを憶《おぼ》えていますか？」

「どちらかといえば、私がウィル様に助けてもらったような気がしますが」

首を傾《かし》げるアデルに、ウィリアムは何故《なぜ》か楽しそうに笑っている。

「聖女の魔力は強いけれど、それでも俺がアデルを守りたいと思いました。それから剣の稽古に力を入れたのです」

「そ、そうですか」

この言い方だとまるでアデルが大切で守りたいかのように聞こえるが、気のせいだろう。まったく都合のいい耳である。勘違いをして迷惑をかけないよう、肝に銘じなければ。

ちらりとウィリアムを見れば、まるでそれを待っていたかのように瑠璃色の瞳が細められ、アデルは慌てて視線を逸《そ》らす。

美貌の攻撃に騙《だま》されてはいけない。相手は顔面国宝、何をしても麗しいのだからアデルに微笑《ほほえ》んだわけではない。この一年の白すぎる結婚を思い出す時は、今だ！

アデルは深呼吸をすると、早速結婚生活に思いを馳《は》せる。

結婚式で誓いのキスを拒否。

形だけの初夜で顔を見せることもなく別居。

巡礼の計画書にも無反応。

関わるのは公式行事のエスコートで、現地集合早期解散。

結婚一年、完全に無関心。

離婚拒否は巡礼要員確保が目的で、王命とブリアナのため。

一気に心の中で羅列すると、思わずため息がこぼれる。気持ちは落ち着いたけれど……何だか凄《すご》く切なくなってきた。

「アデル、元気がありませんね。どこか怪我《けが》でも?」

「いいえ。さあ、次の石柱に向かいましょう」

気持ちを切り替えようと動き出したアデルの手を、ウィリアムが握る。

「え?」

何か用があるのかもしれないが、これだとまるで手を繋《つな》いでいるみたいなのでアデルの心に負荷が大きい。肩を叩《たた》くとか……いや、声をかけてくれれば十分なのに。

「疲れているようなので。転ぶといけませんから」

ということは用があるから呼び止めたのではなくて、手を繋ぐのが目的なのか。驚いて目を丸くするアデルを見て、ウィリアムの眉が下がっていく。

「嫌、ですか?」

「そういうわけでは。ただ、びっくりして」

すると、みるみるうちにウィリアムの表情が明るくなっていく。まるで夜明けの太陽のように眩《まぶ》しい笑顔から、目が離せない。

「それなら、良かったです」

……何が⁉

思わず心の中で突っ込むアデルをあざ笑うかのように、ウィリアムはぎゅっと手を握りしめた。

「アデルが嫌でなければ、少しずつこうして触れていきたいです。話もしたいし、そばにいたい」

「ふぇ⁉」

自分でもどこから出たのかよくわからない奇声を上げると、いつの間にかアデルの手はウィリアムの両手に包み込まれている。そうして瑠璃色の瞳に見つめられたら、もう駄目だ。

これがブリアナのためだとわかっていても、本当は関心などないと知っていても……振り払うことなどできない。

「いいですか？」

もはや何を聞かれていたのかも思い出せないが、どちらにしても否定することなどできない。

観念してうなずくと、ウィリアムはとびきりという言葉が泣いて逃げ出すような極上の笑みを浮かべた。

どうしてこんなことになっているのだろう。出会った時は、もっと普通の関係だったはずなのに。

アデルは五年前のことを思い出し、深いため息をついた。

＊＊＊＊＊

「もうすぐ王都ですよ、アデル」

乗合馬車に揺られること何日経《た》ったのか。ようやく目的地に到着するというゾーイの言葉に、アデルは外を眺める。

故郷の山の中とは違って、どこまでも続く平原。そこに高くそびえる壁と、その奥には大きな建物が見える。恐らくあれが王宮。アデルがこれから行かなければいけない場所だろう。

十四歳になるまで故郷の村を出たことがなかったアデルには、ただただ大きいなという感想しかない。山一つ分よりも広い場所に全部家が建って人が住んでいるなんて、不思議だ。窮屈だろうに、何故皆でまとまっているのだろう。

だがそれを聞くと、馬車に同乗していた男性が面白そうに笑った。

「王宮には特別大きな守護の石柱があって、聖女様が常に祈りを捧《ささ》げている。おかげで王都とその周辺は魔物の被害が少ないからね。多少狭くても王都に住みたいと思うのも無理はないさ」

「そうなのね」

なるほど、それならわかる。常に聖女がいて石柱が満たされているのなら、安全だ。

……故郷の村とは、違う。

知らず握りしめていた拳を、そっとゾーイが撫《な》でる。

「大丈夫。私は頑張るの」

「無理はしなくていいのですよ」

「無理じゃなくて、私がそうしたいの」

アデルは一度、大きな失敗をしている。取り返しのつかない、とても大きな失敗を。

だからこそ、自分ができることをするために王都に来たのだ。

「王都に入るには検問を通らないといけません。まずは馬車を降りましょう」

ゾーイと共に馬車から降りると、大きな壁の隙間のような場所に門があり、何人もの人や馬車がそこに向かって並んでいる。順番に通るのだろうが、このぶんではしばらくかかりそうだ。

「門では何をするの？」

「手形……どこから来た誰なのかを伝えて、危ない物を持っていないことを確認するのですよ」

「街の人が？」

「いいえ。警備をする専門の人間がいます。彼らは出入りをする人や物を見守る他に、万が一の魔物の襲来などを知らせる役目もあります」

ふうん、とアデルは感心し、長い列をもう一度見る。こんなにたくさんの人を全部確認するなんて、大変な仕事だ。しかも専任の人がいるのだから、それだけ出入りする人が多いのだろう。

本当に村とは何もかもが違って、面白い。

その時、風が吹き抜けてアデルの金の髪を揺らす。ただそれだけのことなのに、何故だかとても胸の奥がざわざわしていた。

「……ゾーイ先生、何かおかしい」

「アデル？」

王都の門を背にして、アデルはじっと平原に目を凝らす。風が土埃《つちぼこり》を舞い上げるせいで、よく見えない。だが、気になって目を逸らせない。

「――来る」

何が、ともわからぬままに、声を上げる。それとほぼ同時に土埃の中から飛び出した何かが門に続く列の真ん中に突っ込んだ。

馬の嘶《いなな》き、倒れる馬車、多くの人の悲鳴。

その原因であるそれは、食いちぎった馬をぶら下げながら、優雅に空を舞っていた。

「――魔物だ！」

誰かのその一言に、弾《はじ》かれるように人々が門に殺到する。人混みに巻き込まれそうになるが、ゾーイがアデルを抱えて少し離れてくれたおかげで潰されずに済んだ。

「ゾーイ先生、どうしたらいいの？」

「門の中に入ろうにもあの人混みではかえって危険ですし、馬車の陰に隠れましょう」

「でも」

アデル達のいる位置から隠れられそうな馬車までは少し距離がある。しかも門からは離れる方向だ。移動している間に魔物に空から襲われたら逃げられない。

「私が引きつけますから、その隙にアデルは馬車に隠れるのです。いいですね？」

「嫌だ、ゾーイ先生と一緒がいい」

アデルが袖を掴《つか》むと、遠くから甲高い悲鳴が上がる。見れば魔物がぶら下げていた馬を殺到する人の中に落とし、別の馬を引きずっている。

馬一頭はアデルがどう頑張ってもびくともしない大きさと重さだ。それをくちばしだけで軽々と持ち上げる様に、本能的な恐怖が背を撫でる。

襲われたら、終わりだ。

馬ですら一撃なのだから、アデルやゾーイなどひとたまりもない。

「行きなさい、アデル。大丈夫、ここは王都。堪《こら》えれば必ず助けが来ます」

そうは言っても、剣士がいたところで空を飛ぶ魔物を簡単に倒せるとは思えない。

そこに頭上から空気を引き裂くような不快な音が聞こえた。門の付近で馬をくわえているのと同じ魔物が、アデル達の上を旋回している。

目が合った、と思う間もなくその魔物は滑るようにして急降下してきた。

「――アデル！」

ゾーイが手を伸ばし、アデルを抱き込む。腕の隙間から青い空が見えて「ああ、死ぬのかな」とぼんやりと思った。

――その瞬間。

アデルの小さな空を銀の光が通り抜けたと思う間もなく、魔物の声が響き、何かが地面に落ちた音が聞こえる。

ゾーイの腕が緩んで開けた視界には、陽光を弾いて輝く銀の髪の美しい少年が剣を手にして立っていた。

「……怪我は？」

少年の問いに、何が何だかわからずただぼうっとするアデルに代わって、ゾーイが「大丈夫です」と答えた。

少年は特に気にする様子もなく、剣を鞘に収める。つまり剣であの魔物を倒したのか。凄いと興奮すると同時に、後悔が押し寄せる。

結局、アデルは何もできなかった。ゾーイが庇《かば》ってくれて、少年が魔物を倒してくれたから無事なだけ。これでは今までと何も変わらないではないか。

アデルは守られたいのではなくて、守りたいのだ。

だから、こんな風に隠れているようではいけない。

うつむくアデルの足元に影が差し、反射的に顔を上げるとそこにはもう一羽の魔物が飛んでいた。

魔物が狙っているのは、少年。急降下する魔物の位置からそれを察したアデルは拳をぎゅっと握りしめる。

倒せなくていい。ただ――守りたい。

拳に何かが集まり、淡い光を放ち始める。

異変を察知して剣に手をかける少年の前に出ると、アデルは飛んできた魔物に思い切り拳を突き出した。

魔物に触れそうになったその瞬間、拳から放たれる光が風を伴って勢いよく魔物を弾き飛ばす。遠くに飛ばされた魔物は地面に落ちると、そのまま飛び上がることもできずにやがて動きを止めた。

「倒し……た？」

少年の声に振り返れば、呆気《あっけ》にとられた顔でアデルを見ている。はあはあと呼吸を乱しながら、アデルは少年をじっと見つめた。

「……怪我は？」

怪我していないのはわかっているのだが、何故か口から出てきたのは少年にかけられたものと同じ言葉だった。

「だ、大丈夫」

少年も混乱しているのか、わかり切った答えを返す。

——これが、ウィリアムとの出会いだった。

その後どうにか王都の中に入ったアデルとゾーイは、そのまま王宮を訪ねた。

ここでも検問のように待たされるのだろうと覚悟していたのだが、アデルの前に現れたのは先程魔物から助けてくれた銀髪の少年だった。

「アデル・ベルティエ。……なるほど、聖女候補ですか」

ゾーイが王宮の担当者に渡した資料を覗《のぞ》いた少年は、そう言うとアデルににこりと微笑む。

銀色の髪ばかりが印象に残っていたが、瑠璃色の瞳も輝いていてとても綺麗《きれい》だ。アデルの人生で出会った中で、一番美しい人間だと思う。

「君は神官を呼んでもらえますか。俺が石柱の間に案内します」

「え、ですが……わかりました」

大の大人が引いたところを見ると、この少年は偉いのだろうか。村では話に聞いたことしかないけれど、貴族なのかもしれない。

「行きましょうか、アデル」

「うん。それで、あなたは何ていう名前なの？」

案内してくれるのはいいが、名前がわからないと話しかけるのも大変だ。そう思って訊《たず》ねたのに、何故か王宮の大人達の顔が青ざめている。

「……聞いちゃいけなかった?」

この少年が貴族だとしたら、もしかすると名前を聞くのが失礼なのかもしれない。だが心配するアデルをよそに、少年は柔らかい笑みを浮かべて首を振る。

「そんなことありませんよ。俺の名前はウィリアムです」

「ウィリアムね!」

アデルが名前を繰り返すと、大人達がびくりと肩を震わせた。

この反応から察するに、名前を呼ぶのはあまり良くないことなのだろう。だが、そうすると何と呼びかければいいのかわからない。

「ええと……ウィ、ウィル? ……何て呼べばいいの?」

試しに短く読んでみたが結局大人達の表情は曇ったままだし、どうしたものか。

「何でもいいですよ。では、ウィルで」

「うん。わかったわ、ウィル」

やっと正解を知ったことでほっとするアデルの前に、ウィルの手が差し出される。剣を握っていた割に綺麗な手だが、一体どうしたのだろう。

「アデル。こういう時には男性の手を取るのですよ」

ゾーイがそっと教えてくれたが、手を取るというのがよくわからない。

とりあえずウィルの手を両手で包み込むようにして捕まえると、ゾーイをはじめとした大人達からため息が漏れた。

「な、何？　どうしたらいいの？」

「大丈夫ですよ、アデル」

混乱するアデルに優しい声をかけると、そのままウィルはアデルと手を繋いだ。

「さあ、行きましょうか」

「何だ、手を繋ぐのならそう言ってくればいいのに」

そうして案内された部屋には、とても大きな灰色の石柱があった。

村の石柱でもアデルより背が高かったが、この石柱は見上げると首が痛くなってしまいそうだ。太さもあって堂々と立つ様はとても格好良い。

これが、王都の守護の石柱。

聖女が常に祈りを捧げる、国の守護の要。

故郷の村のそれとは比べるべくもない姿に興奮し、同時に少し胸が痛んだ。

「聖女候補が現れたとか……」

石柱の間と呼ばれた部屋に入ってきたのは、アデルが見てもわかる偉い人だ。大きな町で神官を見たことがあるけれど、その服に似ているし、もっとずっと派手なので間違いない。

だが偉い神官らしき男性は、アデルの隣を見てハッと目を見開き、すぐに頭を下げた。

「これは、殿下。わざわざ候補の案内をしていただいたとは、申し訳ありません」

「俺が勝手にしたことですから、気にしないでください」

明らかに偉い神官が頭を下げる、「殿下」と呼ばれる人。

世情に疎いアデルでも、さすがにそのあたりは察することができた。

「ウィルは殿下……王子様、なの？」

「口を慎みなさい。この方はウィリアム・クード第三王子殿下。王子であると同時に聖剣の主でもある、尊いお方ですよ」

神官の厳しい声音に、アデルの肩がびくりと震える。

聖剣の主というのは、聖女と並んで英雄と呼ばれる存在だ。その上王子だなんて、めちゃくちゃ偉い人ではないか。だから名前を呼んだ時に大人達はビクビクしていたのか。

「ごめんなさい、ウィル……じゃなくて。ええと、すみません、殿下……？」

敬語を使い慣れていない上に想定外の偉い人が相手なので、ちょっと怖い。

心のままに一歩遠ざかると、それを阻むようにウィリアムがアデルの手を掴んだ。

「俺が名前を呼んでいいと言ったんです。怖がらないでください」

「でも」

それでも体を引くアデルを見てため息をつくと、ウィリアムは神官をじろりと睨《にら》みつける。

「俺はアデルに魔物から助けてもらいました。恩人に失礼な態度は取らないでもらえますか」

「……は？」

偉い神官をはじめとして、何人かの大人達が一斉に首を傾げる。

「殿下を、魔物から、助ける？　この少女がですか？」

「そうです」

きっぱりと言い放つウィリアムを見て、神官達は絶対に信じていなさそうな顔で渋々うなずく。

「と、とにかく聖女としての判定を済ませましょう」

そう言って用意されたのは、拳大の透明な石だ。

「聖女は石柱に祈りを捧げることで、その色を変えます。この石は守護の石柱に使われる特殊な魔鉱石。この色を変えられれば、聖女だと認められます」

さあどうぞとばかりに差し出された石を見て一気に眉間に皺《しわ》を寄せるアデルに、ウィリアムが心配そうに顔を覗き込む。

「どうしました？」

「色が、透明で。透明の石が、ちょっと」

苦手だなんて言ってはいけないのだろう。だがどうしても見るのが嫌で、顔を背けてしまう。

「アデルは故郷の村を失ったばかりなので、透明の石柱を思い出すのでしょう。他の石で判定するわけにはいきませんか？」

ゾーイの提案に神官達はあまりいい顔をしなかったが、いくつかの石が入った箱を持ってきてくれた。

　拳大から頭ほどの大きさまで、色々な大きさの魔鉱石が入っているが、どれもほぼ透明だ。

「魔鉱石は聖女の魔力に反応して色を持ちます。なので石柱のように既に魔力を込められたもの以外は、基本的にほぼ透明です」

　そう言うと、神官達はこれみよがしにため息をつく。

「祈れないと言うのならば、とても聖女とは認められません。……多いのですよ、自分は聖女だと名乗る人間は。大抵は勘違いか、権力を狙ってのことです。殿下の恩人だとしても、判定を曲げるわけにはいきませんから」

「……それは、アデルが嘘《うそ》をついていると言いたいのでしょうか？」

　ウィリアムが神官達を睨む中、アデルはさっと手を上げた。

「あのー。ちょっといい……ですか？」

「何でしょう」

　神官の顔には面倒くさいと書いてあるが、これも仕事だろうから頑張っていただきたい。

「私、透明の石が苦手で。見たくないんです」

「それは聞きました。ですが判定は」

「なので、この透明の石を全部透明じゃなくしてもいいですか？」

「……は？」

アデルは魔鉱石が入った箱を受け取ると、そのまま中身をゴロゴロと床に転がす。大小合わせて十五個くらいはあるだろうか。

どれもこれも透明で、本当に嫌になる。

「祈る……祈る……？　要はあれよね。石柱は透明じゃなくなればいいのよ。全部、色がつけばいい」

結論を出すと、アデルは深呼吸をしてそのまま手を石にかざす。

透明の石には、透明の石柱には、守護の力がない。

だから、そんなの嫌だ。

守りたい、守ってほしい。今度こそ、絶対に守るのだ――！

アデルの意思に呼応するようにふわりと淡い光が生まれ、やがてそれが石に注がれる。一番手前にあった拳大の石は、一瞬のきらめきの後に真っ黒に染め上げられた。

「――何と！　間違いありません、この力は聖女の守護の魔力。本当に……」

「まだまだだぁ！」

アデルの気合いと共に、隣の石も、その隣の石も、どんどん黒に色を変える。最初は歓喜の眼差《まなざ》しを輝かせていた神官も、五個目を超えると表情が曇り始めた。

「あ、いや、もう聖女だとわかりましたので……」

「色が、足りなぁぁい！」

アデルの雄叫《おたけ》びと共に更に魔鉱石は黒く変化していく。

十個目を超えると、神官達にも焦りが見え始める。

「もう、もういいので！　判定用の魔鉱石の在庫がなくなってしまうので！　どうか！」

「あははは！」

アデルの方は生まれて初めての祈りで自分の魔力の加減がよくわからず、ちょっとした興奮状態だ。

当然、止められるはずもない。

いよいよ十五個目が真っ黒になるという頃には、神官達は半泣きでその場に崩れ落ちていた。

「勘弁してください、勘弁してください……」

「うふふふ。参ったかぁ！」

すっかり出来上がったアデルは、上機嫌でしゃがんだまま頭大の魔鉱石をぺちぺちと叩く。

「……ええと、アデルが聖女であることは認めていただけましたね？」

「認めるも何も、過去に判定用の魔鉱石以外まで色を染めた聖女なんて記録にありません。詳しく事情を教えていただけますか」

ゾーイは神官と少し離れた場所で話し始めてしまったが、アデルはやることがないのでつまらない。とりあえず立ち上がろうとしたのだが、視界がぐるぐると回り始める。

「……あれえ？」

「アデル!?」

為す術《すべ》なく傾いていく体が止まったと思うと、ウィリアムが抱えるようにして支えてくれていた。

「アデルは祈るのが初めてだったのですね。これだけの魔力を一気に使ったのですから体に影響が出てもおかしくありません。本当に……まさか、これほどとは」

手を伸ばせば届く距離で見るウィリアムの髪はきらきらと輝いていて、まるで光を紡いだ糸のようだ。

「アデルが聖女なら、これからも会えますね」

そうか。ウィリアムは聖剣の主。聖女と同じ英雄なのだから、また会えるのだ。

その事実が何だかとても嬉《うれ》しい。

「これからよろしくお願い……します!」

忘れずに敬語を使ったぞ、と得意げに微笑むと、何だかどんどん眠くなってきた。ウィリアムの顔が赤いような気もするが、瞼《まぶた》が閉じてきて確認することができない。

王都で初めて祈りを捧げて聖女と認められたその日。

アデルはウィリアムの腕の中で幸せな気持ちで意識を失った。

＊＊＊＊＊

現実逃避も兼ねて五年前に意識を飛ばしていたアデルは、ウィリアムと手を握って歩いていることを思い出して、少しだけ指に力が入る。

騎士達には生暖かい目で見られるし、ロジャーに至っては兄か父かという眼差しなのだが、ウィリアムは何故か楽しそうだ。

五年前のウィリアムはとても優しくて、一年前に結婚することになって。

そして……結婚式から白すぎる結婚生活が始まり、無関心になった。

じっとウィリアムを見つめると、すぐにそれに気付いて笑みを返される。瑠璃色の瞳は優しく細められて、これが演技だなんて到底思えないほどだ。アデルは愛想笑いを返すと、そのまま目を伏せる。

何が駄目だったのだろう。あの笑顔を失うようなことを、アデルはしたのだろうか。

それとも最初からウィリアムは紳士として行動していただけで、アデルに関心などなかったのか。

こんなに近くにいるのに、触れているのに。

ウィリアムのことが、全然わからない。

「聖女様と巡礼の騎士様、よくぞいらしてくださいました！」

アデル達が町に入るや否や、町長と共に多くの町民に出迎えられる。

『歓迎、聖女様御一行』という旗がはためき、『聖女クッキー』まで売られているのだが、どれだけ歓迎されているのだ。

大体勝手に聖女の名でクッキーを売っていいのだろうか。チョコや苺《いちご》はわかるが、『フサフサ』というのは一体どういう味だろう。それが食材なのかすら見当がつかず、気になって仕方がない。これは後で絶対に食べなければ。

肉を焼いているらしい香ばしい匂いも気になるが、まずはやるべきことがある。

「とりあえず守護の石柱に案内していただけますか」

「もちろんです。さあ、こちらへ！」

人垣の中を、町長の案内で石柱に向かう。期待の視線が熱いし痛い。それほど大きな町ではなさそうなのに、とんでもない盛り上がりである。

案内された石柱は、町の中央の広場に立っていた。周辺は綺麗に石畳が整備され、花も植えられている。この町がどれだけ石柱を大切にしてきたのかが、よくわかるというものだ。

別に嫌がられても祈るし、何なら追い出されても奇襲して結局祈る。だがこうして歓迎されたり、石柱が大切にされているのを見るのはやはり嬉しい。

これは期待に応えなければ、聖女の名が廃るというものだ。

石柱は既に透明で、色はない。あまり時間がないので、急いだ方がいいだろう。

アデルは石柱に手をかざすと、ゆっくりと目を閉じる。

――この町を守ってほしい。

その祈りが、アデルの魔力を石柱へと導いていく。

あっという間に真っ黒に染め上げられた石柱は、一瞬弾けるようにきらめいて、その周囲には光の球が飛んでいた。町民たちは一斉に歓声を上げ、拍手をし、飛び上がって喜び合う。

良かった、間に合った。

ほっとして息をつくと気が抜けたのか少し目が回るけれど、ここで倒れるわけにはいかない。

「アデル、大丈夫ですか」

背後からウィリアムが支えてくれたので、どうにかふらつかずに済む。美青年の登場に歓声が更に増したが、確かに御利益がありそうなので気持ちはわかる。

「さすがに、一気に魔力を注ぐと目が回りますね。でも大丈夫です」

すぐに離れようとするのだが、何故かウィリアムはアデルの肩を抱えたまま放してくれない。

ちょっと恥ずかしいけれど、眩暈《めまい》で倒れるよりはいい。それにこれだけの人前で揉《も》めるわけにはいかない。……ということで、許されるはず。

アデルはため息と共に力を抜くと、ウィリアムに抱かれるまま体重を預ける。正直ちょっとつらいので、支えてもらえるとかなり楽だった。ウィリアムもそれに気付いたらしく、微笑むとアデルを抱く手に力を込める。

おかげで歓声が一層増したが、こうなったら盛り上がるだけ盛り上がればいいと思う。

「何と綺麗な石柱でしょう。真っ黒ですね」

町長がうっとりと、涙ぐみながら石柱を見上げる。

「守護の石柱は特別な鉱石でできています。もともとは無色透明で、魔力で満たされると色がつく。……この石柱は魔力がほぼ空でした。魔物の被害は大丈夫でしたか？」

先日の村のように半透明でも、魔物によっては侵入してくる。これだけ透明だったのならば、石柱の結界はほとんど機能していなかったはずだ。

「何度か襲われましたが、撃退しています。辺境では自衛が基本ですから。とはいえ、さすがに襲撃が続くと厳しい。……本当によくこんな辺鄙《へんぴ》な町までお越しくださいました。歓迎の宴《うたげ》を開きますので、どうぞお楽しみください」

町長は涙を拭うと、深く頭を下げた。

夜になっても宴は続き、広場の周りにはテラス席が設けられてお酒が振る舞われ、石柱の周りでは踊る人々の笑顔が弾けていた。

騎士達もバラバラになっているのだが、各所で町民達にお礼を言われている姿を見ると、何だかアデルも嬉しい。

テラス席の端の方で飲み物を飲みながら、アデルは宴の様子を楽しんでいた。

アデルのところに町民が寄ってこないのは、「聖女様は疲れているので休ませてあげなさい」という町長の言葉で近寄りづらいのと、横に並ぶ二人のせいだ。

ロジャーとウィリアムはその体と顔で目立ちまくっているのだが、その分だけ近寄りがたい。何人かは勇気を振り絞って声をかけていたが、あまりにもそっけないのと美貌が直撃して瀕死になったため、次第に誰も近寄らなくなった。

夢の世界の美青年は若干距離を取って楽しむのが安全と悟ったらしく、今は建物の陰から熱い視線を感じるが……まあ、無害なのでどうでもいい。

「大きな被害が出る前に来られて、良かったですね」

「王都から距離がある上に途中で山越えがあるので、歴代の聖女様もなかなか巡礼できなかったのでしょう。石柱と聖女様への感謝を忘れず、同時に自衛にも力を入れる。……どこもこういう心構えだとありがたいのですが」

ロジャーの意見にうなずきながら、アデルはクッキーを頬張る。

「そうですね。聖女と騎士の努力がもっと周知されるべきだと思います。特に王都の貴族は、その意識が薄い者が多いですから」

ウィリアムが言う通り、ブリアナが巡礼に出ないのは聖女の力の重要性を理解していないからなのだろう。

確かに王宮の守護の石柱に守られて大切に育てられた貴族のお嬢様は、石柱が力を失うことがどれだけ危険なのか知る機会もない。仕方がないのだが、聖女になったのだからもう少し頑張ってくれてもいいのに。

　飲み物に口をつけると、再びクッキーを口に放り込む。少しずつうなだれていくアデルに気付いたウィリアムが、そっと顔を覗き込んだ。

「アデル？　疲れたのですか？」

「このクッキー、『フサフサ』という名前です。何でも薬草の一種らしいのですが、羊の毛がフサフサになるところから、頭髪増量に効果があるとかないとかもっこもこだとか。もこ……？　あれ、もふ……？」

　もふもふだったかもこもこだったか悩み始めたアデルを見るロジャーの眉間に、どんどん皺《しわ》が増えていく。

「もしかしてお酒を飲んでいますか？　聖女様には酒を出すなと伝えたのに、まったく！」

　ロジャーは立ち上がると、給仕に水を持ってくるように指示している。

「これ、お酒……？」

　確かジュースをもらったはずなのだが、おかしいな。

　ウィリアムはアデルのカップに口をつけると、すぐにテーブルに戻した。

「甘い香りでわかりづらいですが、お酒ですね。しかもかなり強い。……アデル、大丈夫ですか？　もう休んだ方が」

「間接、キス……」

同じカップに口をつけたのだから、これは間接キスのはずだ。たぶんそうだ。きっとそうだ。

すると指摘されたウィリアムの目が、少しばかり泳ぐ。

「え？　あ！　……ふ、夫婦ですから」

「そか。夫婦。ですね。一応」

そうだ、夫婦だ。世の中的には間接どころかキスし放題なのだから、誰も気にしないか。

いや、一度もしたことないけれど。誓いのキスすら拒まれたけれど。

「ふふふ……」

ゆっくりと机に伏していきながら、アデルは口元を綻ばせる。

ふわふわするし、何だか楽しいし、ウィリアムもロジャーもいる。もう、ずっとこのままでいられればいいのに。

だが笑顔のアデルとは対照的に、ウィリアムの表情は硬い。

「ここで寝ては風邪をひいてしまいます。とにかく宿に」

一気に視界が揺れたことで目が回り、ぼうっとしている間にどこかの部屋にいた。

ここは宿のアデルの部屋で、ウィリアムが抱き上げて運んでくれたのだろう。それはわかるのだが、ふわふわして上手《うま》く動けないし喋《しゃべ》れない。

ベッドに座らされたアデルの足元にはウィリアムがいて、靴を脱がせてくれている。

一国の王子にとんでもないことをさせているが、まあ一応は夫なので不敬だと罰されることもないだろう。あるいはもう夢を見ているのかもしれない。

水の入ったコップを差し出されたアデルは、受け取るとそのまま飲む。冷たい水が火照った体に心地良い。

コップを片付けたウィリアムはアデルの隣に腰を下ろすが、近すぎるためにベッドが揺れて寄り添うようにくっついてしまう。離れようとするのだが上手く力が入らず、更に肩を抱き寄せられてしまい、動けない。

一体何なのだろうと顔を上げれば、瑠璃色の瞳と目が合った。

「ずっと、こうして触れたかった」

ウィリアムはそう言いながら、アデルの頭をゆっくりと撫でる。まるで愛《いと》しい人に対するようなその手つきに、何だか幸せな気持ちになってきた。

「嫌なら言ってください。アデルが嫌がることはしたくないので」

何度も頭を撫でたウィリアムは更に髪を撫で、そのまま頬に手を滑らせる。

「いやじゃ、ない……です」

アデルの頬を覆う手に、自身の手を重ねる。

「でんかので、ひんやりして、きもちいい」

その呟《つぶや》きに、ウィリアムの手がぴくりと揺れる。

「……アデル」

甘い吐息のような声と共にアデルの額に唇を落としたウィリアムは、そのまま額を合わせて息をついた。

ウィリアムに触れられるのも、名前を呼ばれるのも、嫌じゃない。

「でも、りこんするのに」

ウィリアムの瑠璃色の瞳が見開かれ、次いで眉間に皺が寄る。

それは険しいというよりも悲しそうな顔で、アデルも何だか寂しくなってきた。

「離婚はしません」

「そんなにせいじょが、ひつようですか」

巡礼要員を確保するためなら、ブリアナのためなら。

一年間無関心だった妻に、こんなに優しくするのか。

「聖女が必要だから離婚しないのではなくて、夫婦でいたいのです。夫として、アデルのそばにいたい」

もっとウィリアムと話がしたいのに、どんどん瞼が閉じていく。自分で自分を支えられなくなり、ウィリアムの胸に倒れ込むようにしてもたれた。

「じゃあ、なんで」

「アデル？　眠いのですか？」

背に回された手も優しいのに、これもすべて偽りなのだ。

「けっこんしきで、キス、しなかったの……」

誓いのキスすらしたくなかったくせに、今更優しくしないでほしい。

「え。キスしていいのですか⁉」

間の抜けた声音に顔を上げるとウィリアムは美しい瑠璃色の瞳を何度も瞬《まばた》かせている。まるでそれが嫌じゃないかのような、他人事《ひとごと》のようなその態度に、何だかモヤモヤしてきた。

「いまじゃない。もう、ばか――きらい！」

不満を込めて顔を背けると、そのままアデルの意識は泥に沈むように消えていった。


翌朝、町民総出で見送られた巡礼一行は、山道を歩いていた。

「さて、あとは王都に戻るだけ。気を抜かずに行きましょう」

ロジャーの言葉に、騎士達が元気に返事をする。

一部元気がなさそうなのは二日酔いらしいが、山道を歩けば治ると言っている。迎え酒という言葉は聞いたことがあるが、まさか迎え山道とは。

ただの苦行にしか見えないのだが、本人達がそれでいいなら、いいのだろう。巡礼騎士のサバイバル化は留まるところを知らない。

当然のようにアデルの隣を歩くウィリアムだが、町民達に美貌という名の衝撃を与えたせいで見送りの一部が号泣していた。

やはり顔面国宝にはお面装着が必要な気がする。実に恐ろしい顔だ。だが、その麗しい顔が心なしか曇っている……というか元気がない。

「ウィル様、体調が悪いのですか？」

「いいえ、大丈夫です」

そう言って笑みを返してくれたけれど、やはり何だか覇気がない。顔色が悪いわけではないし熱もなさそうだが、どうしたのだろう。

「体は何ともありません。ただ、人は三文字で気力を抹殺されるとわかっただけで」

「抹殺⁉」

美貌の王子の口から不穏な単語が出たせいで、騎士達も一斉にこちらに顔を向けた。

「ああ、いえ、大丈夫です。わかりきっていたことを突きつけられただけですから」

弱々しく笑ったかと思うと、小石につまずいて危うく転びそうになっている。やはり何だかウィリアムの様子がおかしい。

聖剣の主の気力を抹殺する三文字とは、一体何だろう。考えてみるのだが、何も浮かばない。

いいや、普段あらゆる賛辞を浴びているはずのウィリアムだし、意外とどうでもいい一言かもしれない。

「『ねむい』とか……？」

気力を抹殺というか意識を消失しているが、どうもしっくりこない。

転びかけたせいで少し離れたウィリアムを見ながら考えていると、ロジャーがそっと隣に並んだ。

「ウィル様の様子が明らかにおかしいのですが。聖女様、何かありましたか？」

「それを考えています。何でも三文字に気力を抹殺されたらしいのですが。ロジャーはわかりますか？」

今のところアデルの中で抹殺候補の三文字は『ねむい』だが、ここは他の意見も聞いておきたい。

「死ねと言ったって笑顔で叩き伏せる実力者ですよ？　ウィル様がダメージを負う言葉なんて、存在しない……いや、待ってください」

ロジャーはアデルとウィリアムを交互に見ると、その眉間に皺が現れる。

「ええと。昨夜、ウィル様に何か言いましたか？　例えば『やめて』とか『くるな』とか……」

「そう言われても、あまり憶《おぼ》えていないので」

昨夜はジュースのつもりでお酒を飲んで、ウィリアムが部屋に運んでくれたというのはわかる。だが詳細な会話まではさすがに憶えていない。

「でも、私が何を言ってもウィル様には何の影響もないでしょう？」

無関心な妻が暴言を吐いたところで、気力を抹殺なんてするはずがない。どちらかといえば、イライラして活気づきそうなのだが。

「とりあえず、思い出せる三文字を並べてください」

ロジャーがそこまで言うのなら、仕方がない。アデルは霞《かすみ》がかかった弱々しい記憶を、必死にたどる。

「ええと、三文字。……『でんか』『ふうふ』『りこん』『きらい』あとは……」

「あー、いや、もういいです。十分です」

ロジャーはそう言うと、がっくりとうなだれてため息をついた。

「……わかりました。確かに抹殺ですね。致命傷です」

「ええ!?」

ただの事実やウィリアムにとってどうでもいい言葉でしかないのに、一体どこにそんな攻撃力が潜んでいたのだろう。暗号か何かだろうか。

「とにかく、今日のウィル様は気力が死んでいます。……聖女様が回復してくだされば話が早いのですが」

「回復？　何をするのですか？」

聖女の魔力は守護の力であって、気力を回復させるような効果はないのだが。

「『好き』とでも言って差し上げれば……」

「――とどめを刺すつもりですか!?」

離婚阻止という目的がある以上、ウィリアムはブリアナのことが好きなのに、アデルの『好き』を表面上は喜ばなくてはいけない。

既に気力が死んでいると訴える人に、何という鬼畜な提案をするのだ。

「ロジャーは血も涙もありませんね」

「何故そうなるのか理解できませんが、試してみればわかりますよ？」

「嫌です。私は弱った人に追い打ちをかける趣味はありません！」

アデルは追撃を断ると、そのまま巡礼一行の先頭にまで移動する。ウィリアムは不調なのだから、アデルと離れた方が心が休まるだろう。

いっそ別行動にして、ウィリアムは王都に先に戻ってもらってもいいかもしれない。ブリアナの姿を見れば、きっと心も回復するだろう。

名案なのに何故か提案する気にはなれなくて、アデルはただ無言で山道を歩いた。


「……暗くなってきたし、今夜はこの辺りで休みましょう」

日が傾いて空が夕焼けに包まれ始めた頃、ロジャーの一言で本日の野営地が決定した。

この周辺はいくつもの小さな谷に囲まれた尾根のような地形なので、夜に移動するのは危険らしい。

「聖女様、この場所からあまり離れないでくださいね」

こういう地形では、一見平地に見えても突然崖が出現したりする。安全が確認された場所以外には、むやみに近寄らないのが得策だ。

早速騎士達が野営の準備を始めるが、慣れている上に昨日は街で十分に休んでいる。いつもよりも手際がいいので、早く夕食の支度に取りかかれそうだ。

アデルは自身の仕事である小枝集めをしながら、ロジャーと話をしているウィリアムをちらりと見る。

精神が抹殺されたと言っていたが、少しは持ち直したのか表情が和らいでいる。まだ回復中なのだから、負担の塊であるアデルは近付かない方がいいだろう。

「それにしても、この辺りには小枝が落ちていませんね」

仕方がないので、少しだけ山の奥に入って枝を拾う。夜通し火を焚《た》くのだから、ある程度の量が必要なのだ。枝を手に持ちきれなくなったアデルは、羽織っていたマントを脱ぐと枝を包みバッグのようにして腕にかけた。これでいちいち広場に置きに行かなくてもいいので、効率よく枝を集められる。

「アデル、あまり一人で離れない方がいいです」

いつの間にかウィリアムが近くに来ていたが、恐らくロジャーに注意するよう言われたのだろう。そんなに心配しなくても、山奥に入っていったりしないとわかっているはずなのに。

これは念のための注意なのか、それともウィリアムと話をしろという意味なのか。まさかとどめを刺せということではあるまいが、何にしても今は小枝が優先だ。

「皆の姿は見えているから、大丈夫で……」

「アデル？」

……何だろう。

空気が違う。ぞわぞわする。

「――危ない！」

風を切る音がしたと思うと同時にアデルは叫び、手にしていたマントを放り投げ、ウィリアムに飛びついて押し倒す。バン、という音と共にすぐ近くの木の幹に突き刺さった矢が、激しく振動していた。

「――敵襲！」

わけがわからぬまま、それでもアデルは叫ぶ。

すぐにそれに気付いた広場の騎士達が反応するのが、遠目にもわかった。

「アデル、いけない！」

体を起こしかけたアデルの頭を、ウィリアムが抱え込む。矢が風を切る音が頭上をかすめ、茂みの葉を揺らした。

魔物ではない、人だ。

でも何故、何が狙い!?

とにかく、このままではただの的だ。

アデルは身を起こすと、すぐに拳に魔力を集中させる。飛んできた矢を弾くが、これは見えていたからではなく、アデルの近くに来たから結果的に当たっただけだ。

「アデル、下がっていてください」

いつの間にか頭巾をかぶった男性と思《おぼ》しき人影が、野営地とアデル達の間に割って入っている。ウィリアムは剣を鞘から抜くと、アデルを庇うようにして前に立った。

弓の使い手がいるはずだし、これで全員とも限らない。ウィリアムの身を守るには離れない方がいいはずだ。最悪、アデルが拳を振り回していれば矢は当たらない。

だが、それで時間を稼ぎ続けるのは難しいだろう。

「あなた達の目的は何?」

馬鹿正直に答えてくれるとは思っていないが、とにかく騎士達が合流するまで時間を稼がなければ。頭巾をかぶった男の後方では交戦する音が聞こえる。騎士達はこちらに向かってくれているのだから、今は自分にできることをするしかない。

すると、忌々《いまいま》しいとばかりに男の一人が舌打ちするのが聞こえた。

「……聖女は邪魔だな」

聖女「は」ということは、狙いは――！

アデルの背筋をぞくりと寒気が走る。

その隙を突くかのように、男が二人剣を持ったままこちらに突っ込んできた。ウィリアムは一人目の剣を避けてお腹《なか》を蹴り飛ばすと、もう一人の剣を受ける。騎士達の声が近付いてきているし、もう少しだけ粘れば何とかなる。

その時、ちょうどウィリアムの背後に人影が現れた。やはりまだ仲間がいたのか。二人を相手しているウィリアムは気付いていないし、このままでは危険だ。

アデルは拳の魔力を高めて思い切り振り回しながら、男に駆け寄る。男が吹っ飛んだのはいいが、アデルも勢いあまって止まれない。

「きゃああ!?」

「――アデル！」

そのまま茂みに突っ込むと、足元が崩れ、宙に浮いたような気がする。

次の瞬間、必死の表情で手を伸ばしたウィリアムに腕を掴まれ、抱きしめられて――アデルの意識は、そこでぷつりと途切れた。

第五章　この優しさが偽りでも

「ちょっと遠くまで来たけれど、こんなにたくさん薬草があればお母さんも喜ぶわよね」

アデルの傍らに置かれた籠には、白い筋の入った葉がこんもりと入れられている。熱が出た時に煎じて飲むとよく聞くこの薬草は、乾燥させて売っても高値がつくと聞いた。

なかなか見つけられないのだが、今日は少し足を延ばして大正解。まだまだたくさん生えているので、しばらくは困らないだろう。

「せっかくだからお花も摘んでいこう」

最近、村では守護の石柱に花冠を捧《ささ》げる遊びが流行《はや》っていた。石柱は村を守ってくれる大切なものだからと、花を捧げることは大人達も賛成してくれている。

おかげで子供達は皆はりきって、色とりどりの花冠を作っているのだ。

「村の近くにはこんなに綺麗《きれい》な赤い花はないもの。皆びっくりするわね」

夢中になって花を摘んで編むと、満足したアデルは籠に花冠を入れて花畑に寝転がる。

青い空には白い雲が優雅に泳いでおり、その空を横切ってアデルのすぐ近くにトンボがとまった。体は空のように青く、羽は透き通っている。

「透明で綺麗な羽。守護の石柱みたい」

　でも大人は透明の石柱を困った顔で見ている。魔物を防げないから、聖女様が来ないと駄目なのだとよく話していた。

「聖女様が来ると石柱に色がつくんだって。私は透明のままの方が綺麗だと思うけどなあ」

　アデルの話を聞く気がないらしく、トンボはすぐさまどこかへ飛んでいってしまう。

　しばらく流れる雲を見ていると、だんだんと瞼《まぶた》が重くなり、そのままアデルは眠りについた。

　気が付いて飛び起きると、既に周囲は薄暗い。

「いけない、寝ちゃった」

　アデルは慌てて籠を持ち、そのまま山の中を駆け抜ける。いくら何でも遅くなりすぎたので、両親も心配しているだろう。

「何だろう、山の様子がおかしい。それに何の臭いかな」

　動物達が静かで、鳥の声もしない。何だかとても嫌な感じがして、アデルは籠を握りしめて懸命に走った。

　そして村に到着して目に入ったのは——燃え盛る炎だった。

　これはアデルが知っている火ではない。

　建物が燃えているのではなくて、地面までもがすべて炎に包まれている。

　アデルの足元に籠が落ち、周囲に薬草が散らばった。

「うそ。お父さん、お母さん」

どうにか村に入りたいのに、隙間なく猛《たけ》る炎のせいで近付くことさえできない。炎の勢いが強くて、少し離れているはずのアデルでさえ焦げてしまいそうに熱い。

しかも時々炎が爆《は》ぜて飛んでくるので、火はどんどんと燃え広がっている。

「火、火を消さなきゃ」

火を消すのは水。でも井戸は村の中だから使えない。

川はあるけれど、バケツがないから水を運べない。

そしてバケツ一杯の水をかけたところで、この炎が消えるとは到底思えなかった。

「どうしよう、どうしたらいいの」

混乱しすぎで呼吸が上手《うま》くできなくなりかけた時に、何かが炎の中から近付いてくるのが目に入る。一瞬両親かと思ったが、離れていても肌が焼かれそうなこの炎の中を、平気で歩いてくるはずもない。

アデルの前に姿を現したのは、全身の毛が鮮やかな炎に包まれた狼《おおかみ》のような生き物だった。

「ひっ！」

魔物だ。

見たことはなくても、本能が逃げろと警告を発する。

だがアデルが動くよりも早く飛びかかられ、地面に押し倒された。勢いよく頭を打ったせいで、意識が遠のいていく。

熱い、痛い、苦しい。

ああ、死ぬのかな。

……せめて、お父さんとお母さんに会いたかった。

狼が大きく口を開ける姿を最後に、アデルの意識は闇に飲まれた。

ゆっくりと、ぼんやりと、視界が開けていく。空は明るいが、朝だろうか。

どうやらアデルは外に寝転がっているようだが、体のあちこちが痛くてすぐに動けない。それに見たことのない人達がそばにいるけれど、一体誰だろう。

「この燃え方は炎狼《えんろう》の仕業でしょう。群れに襲われれば建物すらも残らない」

「守護の石柱がこの有様では、為す術《すべ》もなかったはずです」

「この子が生きているのが奇跡ですね」

燃える――そうだ、村は燃えていた！

「お父さん、お母さん！」

アデルは叫びながら飛び起きる。

男性が数名と年配の女性が一人、こちらを見て驚いた顔をしている。慌てて周囲を見回すが、そこには黒く焦げた大地と何かの残骸、その中にそびえたつ石柱だけ。大きくひび割れて今にも二つに分かれそうな石柱以外――何もない。

　事態が把握できずに固まるアデルの肩に、女性がそっと手を置く。

「あなたはこの村の子ね？　魔物の姿を見ましたか？」

「燃えてる、狼」

　アデルの言葉に、男性が舌打ちをする。

「やはり炎狼か。くそ、群れが近くにいるなら警備を強化しないと」

「町の石柱ももう色が薄くなり始めている。早急に聖女様にお越しいただけるよう、嘆願書を出した方がいい」

「とにかく、町に知らせてくる」

　男性のうちの一人が慌てて走り出す。事態を把握できずにいるアデルの手を、女性がそっと握りしめた。

「つらいと思うけれど、聞いてください。この村で生き残ったのはあなただけ。ここでは暮らせないので、一緒に町に行きましょう」

「町」

「私はゾーイ。町で養護施設の院長をしています」

　養護施設。親がいない子のための施設。

……そうか、お父さんとお母さんはもう。

理屈ではわかる。

家の柱すら残らぬ炎に包まれ、あの燃える狼に襲われたのなら、生きていられる人間などいない。

でも、それと両親がこの世にはもういないのだと受け入れるのは、まったく別の問題。

肯定できず、否定もできず。

アデルはゆっくりと立ち上がると、よろよろと守護の石柱に近付く。

唯一、アデルの知る姿のまま残っているもの。ひびが入って二つに割れてしまいそうな石柱の表面は、煤《すす》で薄汚れている。手を伸ばしてそっと拭うと、中は見慣れた透明の石だ。

この石柱に力があれば、聖女が来ていたら。

両親は、村の人達は、死なずに済んだのだろうか。

アデルは何度も石柱の表面を撫《な》でる。

「透明じゃなければ、色がついていれば」

……皆を、守ってくれたのかな。

アデルが呟《つぶや》いた次の瞬間、どこからともなく光が溢《あふ》れ出す。突然の変化に驚く間もなく、透明だった石柱が真っ黒に染め上げられ、弾《はじ》けるように光を放った。

「石柱に色と光が……!?」

「まさか、聖女⁉」

「聖女……？」

聖女が祈って石柱に色を与えれば、魔物を寄せつけないと聞いた。魔物を、防ぐと。

急いで見上げれば石柱は黒く輝いて、周囲には光の球が浮いている。

胸の奥から何だかわからない衝動がこみ上げて、アデルは拳を高く振り上げて石柱を叩《たた》いた。

「――何で、今更！　今更っ！」

何度も何度も、石柱を叩く。力任せに殴りつけたせいですぐに皮膚が裂け、石柱の黒に赤がこびりついていく。

痛みも、血も、どうでもいい。ただ悔しくて悲しくて、目の前のこの石柱に感情をぶつけることしかできない。

「やめなさい！」

ゾーイがアデルの腕を押さえて石柱から引き離すと、拳から滴る血が黒く焦げた地面に吸い込まれていく。

「放して！」

どうにかゾーイの手を振りほどこうともがくけれど、抜け出せない。

「何で……今更」

もう何も戻らない。今更石柱が色づいても、何にもならない。

どうにもならない苦しさに、アデルは涙をこぼしながらその場に崩れ落ちた。

ゾーイがそっとアデルに触れ、抱きしめる。その温かさにもう母のぬくもりは二度と感じられないのだと気付いてしまい、更に涙が溢れた。

「私も一緒に、死んでしまえばよかったのに……！」

間に合わなかった。

助けられたかもしれないのに。

その残酷な事実が、アデルの心を際限なく押し潰していく。

「あなたがどれだけ嘆こうとも、失われた命は戻りません。魔物に対抗する術は、剣を持ち戦うこと。そして防ぐ術は、聖女の力で守護の石柱を満たすこと。……人間にできるのはそれだけです」

「それなら何故《なぜ》、皆剣を持たないの」

村の大人の中で剣を使える人はほとんどいなかった。全員が剣を持っていれば、あの魔物を倒せたのだろうか。

だが、ゾーイはゆっくりと首を振る。

「剣を持って戦うには、筋力も体力も技術も必要です。戦い慣れた剣士ですら倒れることも多い。生きる人間全員が剣を持つのは不可能であり、持ったところでたかが知れています」

「じゃあ何故、聖女様は来てくれないの」

村の大人達はそれを願っていたのに、何故来なかったのだ。

「あなたは、この国に何人の聖女がいて、どれだけの石柱があるのか知っていますか？」

ゾーイの胸に顔を埋めた形のまま、アデルは首を振る。

アデルにとっての世界は、この村と周囲の山だけ。国と言われてもピンとこないし、そこにどれだけの石柱があるのかなんて見当もつかない。

「巡礼に出て石柱を満たせる聖女は『四色の聖女』と呼ばれ、最大で四人。たったそれだけの人数で、町の数とほぼ同数存在するという石柱を満たすのです」

「四人……」

その数に驚いてゆっくりと顔を上げたアデルに、ゾーイはうなずく。

「しかも聖女は常に巡礼できるわけではありません。神殿での務めもありますし、体調不良なら長旅は不可能。どうしても優先順位がつけられるはずです」

つまり、皆同じ条件で聖女を待っているわけではないのか。

「人が多く住む街、人通りの多い街道の近く、国境……どちらにしても、この村や私達の町のような辺鄙《へんぴ》で小さな場所は、後回しになります」

「そんなのずるい」

村の大人達は待っていたのに。人の多さで決まるのなら、この村にはいつまで経《た》っても聖女が来ないではないか。

「そうですね。だから石柱になど縋《すが》らない、と聖女様に反発したり石柱を壊す人もいます」

「壊したら、どうなるの」

「実際に見たことはありませんが、聞く限り悲惨です。石柱が色を失っただけでどうなるのか、あなたは実際に見たでしょう？　それ以上のことが起こるのです」

炎に包まれた大地、大きな魔物、すべて焼けて何もない村。

これよりも酷《ひど》いことが、起こるのか。

既に村を焼き払われすべてを失ったアデルにとって、それはあまりにも身近な恐怖だ。

「聖女様は増やせないの？」

ゾーイは目を丸くしているが、そんなに変なことを言っただろうか。

「面白いことを考えますね」

「だって四人だけじゃ無理でしょう？」

石柱がいくつあるのかは知らないけれど、四人しかいないのなら大変なのはわかる。

川から水を運ぶのだって一人よりも大勢の方が早い。同じようにたくさんの聖女がいれば、住人の少ない町や村にも来てくれるはずだ。

「石柱に満ちた魔力はすぐには消えません。数年から数十年は効果があると言われています。だから少しずつ回っても大丈夫なはずですが……今は聖女様が少ない上に動けないらしいので」

アデルはゾーイの腕の中から出ると、守護の石柱を見上げる。

透明だった石柱はひび割れてはいるものの、今は真っ黒に染まっていた。

「私は聖女なの？」

「正式な判定は神殿がします。ですが石柱に色を与えた時点で間違いないでしょうね。あなたは四色の聖女の中でも、石柱を黒に染める黒の聖女だと思います」

「黒の、聖女」

それは国中を回って石柱に祈りを捧げられる、四人の聖女の一人ということだ。アデルは石柱を見上げたまま、ぎゅっと拳を握りしめる。

もう絶対に、この村と同じことは起こさない。起こしたくない。

「それなら、私は辺鄙で小さな村や町に行く聖女になる。この国にある石柱を――すべて黒く染める」

＊＊＊＊＊

ハッとして目を開けると、そこは薄暗い場所だった。

自分の荒い呼吸が響き、頬の冷たさに手を伸ばせば涙で濡《ぬ》れている。

目に入るのは岩の天井。周囲を見回すと少し離れた場所にぽっかりと穴が開いて、その先には木々と夜空が見えていた。

「洞窟……？」

ゆっくりと体を動かそうとするのだが、あちこちが痛い。それでもどうにか上体を起こすと、はらりと布が落ちる気配がした。

「これ、ウィル様のマント」

手にしたその感触と自らが口にした名前に、一気に脳が目覚める。

そうだ、野営準備中に襲撃されて恐らく崖から落ちたはず。

あの時、ウィリアムはアデルを抱えていた。アデルがこれだけ痛みがあるということは、ウィリアムの方は――!?

背筋を寒気が走ったその瞬間、洞窟の入口から物音が聞こえた。

「――アデル!?」

洞窟にわずかに差し込む星の光が遮られたと思うと、人影があっという間に近付いてアデルを包み込む。姿は見えないけれど、その声も、吐息も、ぬくもりも優しくて。

確認するまでもなく、ウィリアムなのだとわかってしまう。

「良かった、目が覚めたんですね」

腕を緩めてアデルを見つめる眼差《まなざ》しに、何故だかとても安心する。

「アデルにもしものことがあったら、俺は……」

ウィリアムはそこまで言うと目を伏せ、もう一度アデルをぎゅっと抱きしめた。

確かに自分のせいで聖女が死んだとなれば、気分が良くないだろう。それにウィリアムはもともと優しい人なので、今は純粋に心配してくれているのかもしれない。

何かが胸をぎゅっと締め付けて、とても熱くて苦しい。

涙が浮かびそうになったアデルは、慌ててうつむいた。

「ウィル様、怪我《けが》は」

ウィリアムはアデルを庇《かば》ったのだから、無事では済まないはず。慌てて確認すると、美しい顔には小さな傷がある。シャツは無事だが、ズボンの方は何ヶ所か小さな穴も開いていた。

「すみません、私のせいで」

聖女に治癒の力があればいいのにと思いながら、頬に走る赤を指でなぞる。もう血は渇いているけれど、白い肌に痛々しい。

するとアデルの手に自身のそれを重ねたウィリアムは、ゆっくりと首を振った。

「俺はかすり傷です。それよりもアデルは？　……泣いていたのですか？」

涙の跡が残っていたのだろうか。恥ずかしい。アデルは慌てて目元を拭う。

「ちょっと夢を見ただけで……。私は、あちこち痛みますが、動かせないことはありません。大きな傷もないようです……？」

いや、そんなはずはない。

実際にどれだけの高さから落ちたのかはわからないが、たいしたことないのならばすぐに騎士達が救出に来るはず。ということは、それが叶《かな》わないだけの高低差があったはずだ。

そしてアデルを庇ったウィリアムが、頬の傷だけで済むわけがない。

心配になってウィリアムの胸をぺたぺたと触るが、特に傷を隠しているわけではないようだ。

……というか、何故ウィリアムはシャツ姿なのだろう。確か上着の上にマントも羽織っていたはずなのだが。

「ウィル様、上着は」

マントはアデルにかけてくれていたけれど、上着はボロボロに破れて捨てたのだろうか。

「ああ、上着はここです」

ウィリアムの視線をたどった先。

見慣れたその上着は、アデルのおしりの下に存在していた。

「ええ、何故!?」

驚くアデルの頭を撫でると、ウィリアムはそのまま立ち上がって洞窟の入口に戻る。

「アデルを地面に直接寝かせるわけにはいきませんから。全身が冷えないようにと考えると、マントをかけて包み込んだ方が良さそうだったので」

辺りに散らばった小枝を拾い集めながら、当然とばかりにウィリアムが答える。

「だからシャツ姿なのですね!?　駄目です、ウィル様が風邪をひいてしまいます」

アデルは慌てて立ち上がると、よろめきながらも上着を手に取り、土を払う。

「ああ、無理に動かないでください。今、火を熾《おこ》しますから」

「火って」

手際よく小枝を並べている場所には、既に大きめの枯れ木も置いてある。準備万端と言いたいけれど、肝心の火を熾す道具がない。

「アデル、少し下がっていてくださいね」

そう言うと、ウィリアムは腰に佩《は》いた二本の剣の片方。普段は手にすることのないその柄《つか》に手をかけ、聖剣を鞘《さや》から引き抜いた。

美しい柄の先にあったのは、予想に反して地味な姿だ。刃《やいば》の大きさも長さも剣と呼ぶにはあまりにも物足りなく、ナイフという言葉がしっくりくる。

聖剣を抜いたところを見るのは初めてだが、名前の割に可愛《かわい》らしい。

「火が欲しい」

簡潔な言葉が誰に向けたものなのかわからず、アデルはただ目を瞬《しばたた》かせる。

「アデルが凍えるなんて許さない。――わかりますよね?」

ウィリアムが瑠璃色の瞳を細めた瞬間、その手にある聖剣に淡い光がともる。そのまま短い刃を枯れ木に突き立てると、パチパチと何かが弾け、次いで小さな火が点《つ》いた。

「え……聖剣って、火を出せるのですか?」

確か無類の攻撃力を誇る剣だったはずだが、そんな生活便利機能まで備わっていたとは。

「いえ？　でもそれくらいしてもらわないと、存在価値がありませんよね？」

爽やかな笑顔と共に鞘に収められたが、心なしか聖剣がため息をついているような気がする。無機物も美青年の言うことには逆らえないのだろうか。

やはり無類の攻撃力というのは、ウィリアムの美貌のことなのかもしれない。

「何にしても、明るくなるまで動かない方がいいでしょう。冷えるので、これを」

そう言って差し出されたのは、ウィリアムのマントだ。

「いけません。ウィル様が風邪をひいてしまいます」

「アデルの方が大切です」

紳士としての対応も、優しさもありがたいが、その言い方はやめてほしい。真剣な表情も相まって、もはや反則だ。アデルが必死に首を振ると困ったように微笑《ほほえ》まれたが、その笑顔も反則だと訴えたい。

「非常時なので、少し我慢してくださいね」

「え？」

問い返す間もなくアデルを抱えたウィリアムは、壁を背にして地面に敷いた上着の上に座る。足の間にすっぽりと収まったアデルは、そのままマントを羽織ったウィリアムに抱きしめられる形で包み込まれた。

「ウィ、ウィル様!?」

背後のウィリアムを見上げるが、当然のようにその顔が近くて慌てて視線を前に戻す。

「これでアデルも俺も温かいです」

耳に唇が触れそうな至近距離で囁《ささや》かれ、緊張とときめきで鳥肌が立った。

確かに温かい。

ウィリアムのぬくもりをマントで閉じ込めた上に風も防ぐので、温かい。

更に想定外の接近と抱きしめられている混乱により、アデル内部からの困惑と興奮の発熱が凄《すご》い。

もう温かいというよりも、熱い。

それでいて緊張して冷や汗をかくのだから、体に悪いような気がする。ドキドキして落ち着かないのに、安心して落ち着くという矛盾に、精神の摩耗も待ったなしだ。

だがアデルが離れれば、ウィリアムはマントを譲ると言ってきかないだろう。既に上着まで脱いでいるのだから、間違いない。

だからこれはウィリアムが冷えないための措置だ。

決してやましい気持ちなんてないし、全然勘違いなんてしないし、いい香りだなとか思っていないし、このままでいたいなんて絶対考えていない！

自分の中で熱い討論を繰り広げて少し呼吸が乱れるアデルに、気付いているのかいないのか。

ウィリアムはアデルを抱えた腕を解く気配はなく、ずっと密着して抱きしめられたままだ。

パチパチと炎が爆《は》ぜる音が聞こえ、揺らめくそれから慌てて顔を背ける。

アデルは暗いところも、炎も、好きではない。

野営の時に炎のそばにいるのは、暗闇が怖いから。それでも炎をじっと見ていられないのは、燃え盛るそれが怖いから。

……あの日のことを思い出すから。

「それで、何の夢を見たのですか？」

何故夢の話なんて……ああ、何か話をしないと気まずいのか。

アデルにとってはドキドキのぬくもりだが、ウィリアムにとってはただの救助活動。時間を潰さないとやっていられないのだろう。

「聖女の力に目覚めた時のことを、夢に見ました」

別に馬鹿正直に答えなくてもいいのに、つい口が滑る。それもこれも優しく接するウィリアムのせいだ。

「何かきっかけが？」

「故郷の村が炎狼の群れに襲われて全滅しました。守護の石柱が透明で、何の効果もなかったので」

ぴくりとウィリアムの体が少し強張《こわば》るのが、アデルにも伝わった。

「私はちょうど村を離れていて、戻ったら火の海で、炎狼に襲われて。気が付いたら石柱以外、何ひとつ残っていませんでした」

そこまで一気に話すと、ため息をつく。

こんな話、ウィリアムに聞かせるようなことではない。孤児になって目覚ましたでいいのに……あんな夢を見たせいか、止まらない。

「石柱に色がついていれば、と言ったら石柱が黒く染まって輝きました。……もう村には誰もいないのに」

「アデル」

「あと少しだけ早く聖女の力を使えたら。いっそ私が村で魔物に襲われれば、何人かは助かったかもしれない。それなのに、皆いなくなってから。誰もいないのに、石柱が黒くなって。私が、私がもっと」

「アデル！」

いつの間にかアデルの瞳には涙がいっぱい溜《た》まっていて、薄暗い視界がにじんで何も見えない。

ウィリアムの腕に力がこもり抱き寄せられると、涙がマントにぽたぽたとこぼれ落ちる音が聞こえた。

「アデルは何も悪くありません」

頬が触れるほど近くから告げられる言葉は、甘美な優しさ。

だが今はそれを受け入れることなどできない。

「いいえ！　私はずっと『透明の石柱が綺麗だから、このままでいい』と思っていました。それが『色がついていれば』と言ったら、黒くなったんです。石柱が透明であることを願っていなければ、もっと早くに変化があったかもしれない」

「アデルの願いに反応するのなら、魔物を侵入させるわけがありません。覚醒のタイミングのせいでそう思ってしまうのはわかりますが、アデルのせいではない」

「でも、だって。私さえ、あと少し早ければ……！」

助かったかもしれない。アデルがのんきに昼寝なんてしていなければ、皆生きていたかもしれないのだ。

もう取り戻せないし、何を言っても今更遅い。

頭では理解できても心が追いつかず、胸の奥で終わりのない悲鳴を上げている。

こんなことをウィリアムに言うべきではない。謝りたいのに上手く喋《しゃべ》ることができず、ただ涙だけがこぼれていく。

ウィリアムがぎゅっとアデルを抱きしめ、その手が頬に添えられる。手に導かれるように横を向くと、アデルの額に、頬に……唇が何度も落とされた。

「……ウィル、様？」

キス、されている？　でも何故？

泣きじゃくりながらも困惑して見上げると、ウィリアムは瑠璃色の瞳を細めてアデルを見つめる。

「だから、僻地の巡礼に力を入れているのですか？」

その通りなので、ゆっくりとうなずく。

「もうあんな光景を見たくなくて。ただの罪滅ぼし……いいえ、自己満足です」

「アデルのおかげで多くの石柱が色を持ち、たくさんの命が救われています。故郷のことは残念でしたが、決してアデルのせいではない」

ウィリアムの声も言葉もぬくもりも、心地良い。力を抜いてその胸に頭を預けると、ウィリアムの体が一瞬強張る。

だがすぐに大きな手はアデルの頭を撫で、そのまま頬をなぞって涙を拭った。

「アデルは、そこにいるだけで尊いのですから」

慰めるにしてもあまりにも突拍子もない言葉に、アデルは驚いて目を瞬かせる。

「アデルの姿を見れば心が浮き立ち、その声を聞けばすべてが浄化され、微笑み一つで世界を滅ぼしても構わないほどです」

「……ウィル様がそういう冗談を言うとは思いませんでした」

最後の方が若干不穏だったが、何にしてもアデルを慰めようとしてめちゃくちゃなことを言ったのだろう。

その心遣いが、今は嬉《うれ》しい。

「本当ですよ？　アデルが望むのなら、何でもします。世界の統一でも、滅亡でも。何であろうとも、あなたの望みを叶えたい」

どんどん飛躍していく冗談に耐えきれず、笑ってしまう。真面目な人だと思っていたのに、意外と愉快な面があったものだ。

「聖剣の主なのに、それではまるで魔王ですね」

「魔王の俺なら、そばにいてもいいですか？」

「私は聖女なので、魔王はお断りです。いつもの聖剣の主でいてください」

何の意味もないやり取りだからこそ、心の重しを少し和らげてくれる。

くすくすと笑うアデルを見て、ウィリアムは瑠璃色の瞳をゆっくりと細めた。

「泣きたいのなら、泣いてください。思いを吐き出してください。俺がアデルのすべてを受け止めます。だから……どうか自分を責めないで」

優しい声音と共に頬を撫で、何度も額を頬にキスをし、抱きしめるのを繰り返す。まるで赤子をあやすかのように、そして愛《いと》しい人を慰めるかのように。

今はただ、この優しさに甘えたい。

聖女の力を得た瞬間に絶望し、それでも頑張ってきたアデルをすべて認めてくれる、受け入れてくれる。……そう、思いたい。

——それが偽りだとわかっていても。

アデルはウィリアムのぬくもりに包み込まれたまま、ゆっくりと眠りについた。


目を開けると、そこは見慣れない天井だった。

天井が……ある⁉

アデルは思い切り目を見開くと同時に、飛び起きる。狭い部屋には質素な寝台、小さな机と椅子が一つずつ。窓の外には青空が広がっていて、賑《にぎ》やかな音が漏れ聞こえる。

「どこかの……町？」

崖から落ちて洞窟の中にいたはずなのに。夜が明けて移動する間、ずっと眠っていたのだろうか。全身に痛みがあったので山道を歩くのは難しかったかもしれないが、それでも意識のない人間を運ぶよりはずっとマシなのだから、起こしてくれれば良かったのに。

とにかく起きようとベッドから足を下ろして立ち上がると、その勢いで一気に目が回って視界が暗転した。

「あー！」

どうにか体を支えようとしたが、椅子につかまろうとした腕にも痛みが走り、結局派手な音を立ててアデルと椅子は一緒に床に倒れる。

「うう……」

床に寝転がって椅子に乗っかられた状態で呻《うめ》いていると急に騒がしくなり、勢いよく扉が開かれた。

「どうしまし――アデル⁉」

簡素な部屋に似つかわしくない麗しい銀髪の青年が、叫び声と共に慌てた様子で駆け寄ってくる。ウィリアムはすぐにアデルの上に乗った椅子をどかすと、あっという間に抱き上げてベッドの上に座らせた。

見た目は細身なのに、一体どこにそんな力を隠していたのだろう。

「どこか痛みは？　というか、何故あんなことに⁉」

「急に立ち上がったら眩暈《めまい》が……すみません」

「大丈夫ですか？」

うなずくアデルを見て、ようやくウィリアムの表情が緩む。椅子をベッドの近くに置くと、そこに腰を下ろした。

窓を背にしたウィリアムは銀の髪が光り輝くようで、美しいというかもはや神々しい。

「ここはあの山の麓の町です。アデルは目に見える大きな怪我こそありませんが、無理は禁物。ロジャーとも相談して、しばらくはこの町で休むことになりました」

「ロジャーがそう判断したのなら、それでいいのですが。それよりも、あの。ここまでは一体どうやって……」

あとは王都に帰るだけだったので、特に急ぐ必要はない。そんなことよりも、移動手段の確認の方がアデルにとっては大切だ。

「崖の下の洞窟にいたのは憶《おぼ》えていますか？　あそこから俺が抱えて運びました」

「か、抱え。……山道ですよね。ずっと？　一人で？」

「はい」

当然と言わんばかりの爽やかな笑顔に騙《だま》されそうになるが、この周辺は結構な傾斜の山だ。一人で歩いても疲れるところを意識のない人間を抱えるなんて、修行か刑罰かという過酷さではないか。

「どうして起こさないのですか！」

意識を失っていたとしても、頬を叩くなり体を揺さぶるなりすればきっと起きたはずだ。覚醒さえしていれば運ぶのにも楽だろう。

そもそも、何故一人で運ぶのだ。ロジャー達と合流したのなら、交代できたはずである。

「疲れて眠ったアデルを起こすなんてできません」

「ウィル様も一緒に落ちたのですよ？　しかも私を庇ったのですから、より重傷でしょう!?　負担が大きすぎますし、危険です！」

「落下に関しては聖剣である程度衝撃を緩和したので、俺は平気です。揺れ自体は皆無にできなかったので、アデルの体に負担をかけてしまいましたが」

いや、意味がわからない。

聖剣とは無類の攻撃力を誇る剣ではなかったのか。火を出したり衝撃を吸収したり、本来とは違う効果ばかり出ているのだがどういうことだ。

「心配しなくても、これでも鍛えているのでアデル一人くらい問題ありません」

嘘《うそ》だ、絶対嘘だ。

絶対絶対、重くてつらくて悲惨だったはず！

視線で言いたいことを察したのか、ウィリアムは困ったように笑う。

「正直に言うと……寝顔が可愛かったからです」

「……寝顔？」

あれ、今は重くてつらい山道の話だったのでは？

よくわからなくなって首を傾げると、ウィリアムが少し頬を赤らめてうつむいた。

「アデルの寝顔が可愛くて。もったいなくて。もっと見ていたくて。……それに抱えて運んでいる間は、俺が独占できますから」

「……独占？」

重くてつらい山道を独占する理由が、寝顔？

「本当は他の人に寝顔を見せたくないのですが、さすがに単独行動するわけにもいかなかったので。我慢しました」

いや、それを言ったらアデルを抱えて山道の時点で、とんでもない我慢大会開催中ではないか。

さっきからウィリアムの発言がどうも理解を超えていて、混乱するばかりだ。

「……とりあえず、寝ます」

きっと、疲れて幻聴が聞こえているのだ。

本当はアデルを叩き起こそうとしたけど全然起きなくて、重くてつらくてよだれも垂らされて大変だったのだ。そうに違いない。

そんな目に遭わせたのに、何だか愉快な幻聴が聞こえて本当に申し訳ない。ぐっすり眠って疲れを取ったら、しっかりと謝ろう。

もぞもぞとベッドに潜り込むと、口元までしっかりと毛布をかぶる。

「大聖女の試練。サインはもう集められませんね」

上手くいけば王都への帰り道にもう一つくらい集落を回れたかもしれないけれど、休息を取るのならそれは不可能だ。もともとサインの数を優先していないとはいえ、少しもったいない気もする。

「そんなものよりもアデルの体調が大事ですから」

「ありがとうございます」

建前だとしても、そうして気遣ってもらえるのは嬉しい。微笑むアデルに対して。ウィリアムの表情は真剣だ。

「大聖女の試練と言いますが、そもそもアデルは既に大聖女を超えて天使であり、女神。紙切れ一枚でその尊さが損なわれるはずもないので、気にする必要はありません」

「あ、ありがとうございます」

ちょっと気遣いの言葉の方向がおかしい気もするけれど、微笑まれてしまえばうなずくしかない。

ウィリアムはブリアナの味方なので、サイン不足でアデルが脱落するのが嬉しいのだろう。

アデルとしては聖女の役目は嫌ではないし、ウィリアムが望むのならこのまま巡礼要員でもいいかとも思う。それを伝えたら喜んでアデルと離婚して、ブリアナと結婚するのだろうか。

ウィリアムが幸せなら……それもいいかもしれない。

そう考えると少し寂しいけれど何だか心が晴れて、アデルは口元を綻ばせる。

するとじっとアデルの動きを見ていたウィリアムが、椅子から立ち上がった。

「無理せず、ゆっくり休んでくださいね。アデルの天使の寝顔は俺が守ります。聖剣の名にかけて何人たりとも近付けませんから、安心してください」

どうしよう、幻聴がどんどん加速して聖剣の名前を安売りし始めた。

何ひとつ安心できないのだが、すべてをウィリアムの麗しい笑顔が押し流そうとしている。もはやアデルに抵抗する術はない。

そのまま出て行くのかと思いきや、何故かアデルの顔の真横にウィリアムの手が置かれ、その反動で頭が揺れる。何事かと思う間もなくもう片方の手がアデルの頭をそっと撫でると、そのまま額にウィリアムの唇が落とされた。

「おやすみなさい、アデル」

美しく優しい声音と共に微笑むと、ウィリアムはそのまま立ち上がって部屋から出て行った。

「……幻聴に加えて、幻覚まで見えました」

もう駄目だ、寝よう。

アデルは一切の思考を放棄すると、そのまま瞼を閉じた。

その後も何度か似たようなことを繰り返し。幻覚でも幻聴でもないと気付く頃には、体の痛みも疲れもすっかり消えていた。

第六章　話したいことがある

もともとは聖女が石柱巡礼から戻ると、毎回盛大な歓迎があったらしい。

巡礼自体の回数がそれほど多くなかったことも、影響しているのだろう。何より聖女を乗せた馬車や騎士達の馬が列をなして進む様は、それだけでお祭りのようだったと聞いたことがある。

アデルも石柱巡礼を終えて王宮の入口にまでやってきたわけだが、歓迎どころかここまでほとんどその存在に気付かれていない。さすがに王宮の門番は顔を憶《おぼ》えているので頭を下げられたが、何とも静かなもの。

これは最初にアデルが大仰な出迎えをやめてほしい、と希望したためだ。

最近では当たり前になっているが、聖女と石柱のありがたみを伝えるという意味では大歓迎も少しは役に立っていたのかもしれない。

「今回の巡礼も無事に終わりました。夜には大聖女の試練の判定を兼ねた舞踏会がありますので、それまでは休憩なさってください」

ロジャーは労いの言葉と共に一礼する。もう昼なので、王宮での身支度を考えるとあまり時間はない。ロジャー達は更に報告書の作成もあるので、これからが第二の巡礼と言ってもいい忙しさになるはずだ。

「私のせいで日程が遅れましたからね。すみません」

もう平気だと何度も訴えたのだが、ウィリアムとロジャーが大事を取るので思った以上に時間がかかってしまった。

あの洞窟以降、ウィリアムは妙に過保護になった気がするし、スキンシップも増えている。完全に無関心だった巡礼前とは、まるで別人のようだ。

アデルの視線に気付いたらしいウィリアムににこりと微笑《ほほえ》まれ、慌てて視線を逸《そ》らす。こうして目が合うことも増えて、本当に落ち着かない。

かなり打ち解けた気はするし、ウィリアムは優しい。だが、この一年の間無関心だったのも事実。そうすると、やはり巡礼要員確保のための演技ということになる。

どちらにしても王宮に戻ればそう顔を合わせる機会もないので、すぐに今まで通りの静かな生活に戻るだろう。

それよりも大聖女の試練が気になるが……ブリアナはどれだけのサインを集めたのだろう。ブリアナが大聖女に選ばれれば、恐らくアデルは巡礼要員まっしぐらだ。国王やウィリアムは喜ぶだろうし、巡礼自体は構わないのだが、何とも釈然としない。

ため息をつきながら王宮に入ろうとすると、腕を掴《つか》まれたせいで歩みが止まる。

「アデル。少しいいですか？」

「はい。何でしょう？」

ウィリアムがこんな風に声をかけてくることも珍しくなくなったが、もう王宮に到着したのに何の用だろう。

「せっかくの王都ですので。デートしてください」

「……はい？」

想定外も想定外な答えに、アデルの声が上擦った。

散々巡礼中に一緒にいたのに、デート？　何で⁉

まったく理解できないが、この瑠璃色の瞳に縋《すが》るように見つめられて断れる人がいるだろうか。いや、いない。

完敗のアデルが力なくうなずくと、ウィリアムは嬉《うれ》しそうに微笑みながらアデルの手を握った。

そのまま手を引かれて王都の街を歩いているのだが、当然のようにウィリアムは目立つ。

輝く銀の髪に瑠璃色の瞳の、神と見紛《みまが》う整った容姿。微笑み一つで春が訪れるような、とんでもない美青年だ。こんな顔面国宝が歩いていて、目立たないわけがない。

地方の小さな町だと「都会の人は違うな」という謎の納得で遠巻きにしてくれることが多かったが、ここは王都。貴族と接する機会も多いし、人が多ければそのぶんだけ美人遭遇率も高くなるので、慣れがあるのだろう。かなり露骨に見られ、何度も声をかけられていた。

「今は取り込み中なので」

この一言で、一体何人が切り捨てられただろう。

同時にアデルと繋《つな》いだ手を見せるものだから、女性達から忌々《いまいま》しそうに睨《にら》まれるのだが。男性にまで声をかけられるウィリアムの美貌に、称賛を送りたい。

ついには普通に断っても埒が明かないと思ったらしく、ウィリアムはとんでもないことを口にし始めた。

「俺の天使に近付く許可は取りましたか。女神の視界に入ろうなどと百年早い」

顔面国宝に真剣な顔でこんなことを言われたら、よくわからなくて怖い。大体天使なのか女神なのかはっきりしてほしいし、天使な美貌はウィリアムの方だと訴えたい。

理解はできずとも迫力だけは満点なおかげで、声をかけた人はそそくさと離れていく。

何人目かわからない男性を追い返したところで、いい加減に飽きたアデルはウィリアムの手を引いた。

「護衛もなしに、あまり長い時間歩くのはどうかと思います。そろそろ戻りましょう」

「ロジャーと数名がついてきていますので、その点は大丈夫です。……休憩できないのは申し訳ありませんが、この機会を逃すと話ができない気がして」

ロジャー達がついてきている？

すぐに辺りを見回してみるが、人が多いこともあり、よくわからない。彼らだって巡礼帰りで疲れているのだから、休ませてあげた方がいいと思うのだが。

手を引かれるままにベンチに腰を下ろすと、ウィリアムも隣に座る。

広場に面しているのに奥まった場所なので、それほど目立たない。ここなら顔面国宝でも少しは落ち着いて話せる、ということなのだろう。

「それで、話というのは何でしょう」

話すだけなら今までにいくらでも機会があったし、王宮でも可能なはず。それでもここで話したいというからには、騎士達や王宮の人間には聞かれたくないのだろう。

「巡礼を拒否した村のあの模様に関してはロジャーにも伝えてありますし、先に王宮に使いを出してあります」

「ですが、もしも……」

あの模様は、王族か神殿しか使えない。王宮の中にそれを仕組んだ人間がいる可能性があるし、ウィリアムの命を狙う者も関係しているかもしれない。下手に連絡すれば、かえって相手の思うつぼではないだろうか。

するとウィリアムは微笑みながらアデルの頭を撫《な》でる。

「内々に信用できる人に連絡していますから、大丈夫ですよ。情報を集めてくれているはずなので、王宮に戻ったらある程度の事態を把握できると思います」

その話をわざわざここでするということは、王宮内には信用に値する人と、そうでない人が混在するとわかっているのか。

もしかすると犯人の目星もついているのかもしれないが、そのあたりは王族の事情もあるだろうし、安易に問うわけにもいかない。

「王宮に戻る前に、アデルに聞きたいことがあります」

ウィリアムは少しためらいを見せたが、やがて意を決したように深呼吸をした。

「アデルにとって、俺との結婚は不本意なものでしたか？」

「え？」

不本意なのはウィリアムの方だろうに。何を言い出すのだ。

「この一年、お世辞にも仲が良いとは言えない関係でした。アデルにとっては聖女としての務めの一環。そう自分を納得させていましたが、離婚すると言われて気付いたのです。やはり、それでは寂しいと」

……これは、何の話だろう。

言葉は理解できるのに意味がわからず、ただ瞬《まばた》きをするだけだ。

「アデルが愛されたいと言うのなら、愛してもいいのなら、それは俺が叶《かな》えたい。他の誰かに渡したくありません」

ウィリアムは瑠璃色の瞳をまっすぐにアデルに向ける。

「俺はアデルと、形だけではない夫婦になりたい。……駄目ですか？」

アデルはぽかんと口を開けたまま、動けない。

聖女の囲い込みという目的で結婚したのは、ウィリアムの方だ。今も王命とブリアナのため……巡礼要員確保のために離婚を阻止しようとしている。

それとも、もっと世間体を気にしろということだろうか？

後ろ指を指されないように、夫婦らしくしてほしいと？

結婚式の誓いのキスすら拒み、初夜も形だけ取り繕ってすぐに別居。

誰が見ても立派な不仲妻だったアデルに、夫婦らしくしろと⁉

「あの……どういう意味なのか、全然、わからないのですが」

混乱とモヤモヤをそのまま伝えると、ウィリアムは悲しそうに目を伏せる。

何をしても美しいので、顔がずるい。

「アデルが俺を何とも思っていないのはわかっています。結婚も聖女の務めだから受け入れたということも。ですが、俺の勘違いでなければこの巡礼で以前よりは打ち解けたはず。これから少しずつでいいので……」

「ま、待ってください」

アデルはウィリアムの顔の前に手を差し出し、無理矢理言葉を止める。

さっきからわけのわからないことばかり言っているが、これは酷《ひど》い。

「気持ちもないのに結婚したのは……私のことを何とも思っていないのは、でん──ウィル様の方でしょう？」

困惑のあまり街中で殿下と呼びそうになってしまったが、とにかく聞き捨てならない。いくら巡礼要員が欲しいとしても、事実を捻《ね》じ曲げられては困る。

「俺は──」

ウィリアムが口を開いたその瞬間、辺りに響いたのは甲高い悲鳴。何事かと見れば、街の広場に姿を現したのは猪《いのしし》に似た生き物。

アデルとウィリアムは、弾《はじ》かれたようにベンチから立ち上がる。明らかに異質なそれの登場に次々と悲鳴が重なり、逃げ惑う人で一気にごった返した。

ここは、王都。

国で最大の守護の石柱と聖女によって結界が支えられる街。

それなのに──どうして魔物がここにいるのだ⁉

先程までの賑《にぎ》やかさとはまったく異なる、恐怖の声と足音が広場を埋め尽くす。魔物に慣れていない王都の住人は、あっという間にパニック状態で逃げ惑い始めた。

このままでは混乱で更なる被害が出かねない。速やかに排除しなければ。

「ロジャー！　いるのでしょう、敵襲です！」

アデルが声を上げると、すぐさまロジャーと三人の騎士が飛び出てくる。皆巡礼帰りのままなので帯剣しているし、既に鞘《さや》から剣を抜いていた。

　何年も巡礼で一緒に行動し、魔物を倒した仲間だ。今更細かな指示など出さずとも、互いに動きはわかっている。ちらりと視線をかわしてうなずき、ウィリアムも剣を抜いて騎士達に加わるのを見て、アデルは拳に魔力を集中させた。

　街中で魔物を弾き飛ばせば人や建物に当たるので、かえって危険だ。魔物を倒すことよりも、被害が出ないようにサポートに回った方がいいだろう。

「魔物から離れてください。危ないから、走らないで！」

　アデルが誘導する間に騎士達が魔物と戦うが、人が邪魔で動きにくく、騎士をすり抜ける魔物もいる。それを拳でそっと追い立てて戻すが、埒が明かない。

「魔物の血が飛び散らないようにしないと……」

　魔物の死骸や血の中には毒性があるものも多い。現時点では何もわからないので、とにかく人々から遠ざけたいのだが、それをできるだけの広さを確保できない。

「もう、巡礼は終わりましたよね」

「え？　はい」

　ウィリアムの問いにアデルはうなずく。巡礼から帰還したことは王宮の騎士に伝わっているし、巡礼騎士団長のロジャーが解散を宣言したので間違いない。

　だが、それがどうしたのだろう。

「それなら、聖剣を使っても試練においてアデルの不利にはならない。……少し周辺の人を離してくれますか？」

ウィリアムの意図を察したアデルは、すぐに拳に魔力を集中させた。

「──皆さん、ちょっとどいてくださいねっ！」

思い切り地面に向かって拳を振り下ろすと、光と風が勢いよく放射状に広がり、周辺一帯の人々や荷物を吹き飛ばす。

嵐が通り過ぎた状態の広場には、アデルとウィリアムと騎士、そして魔物だけが取り残されていた。

「久しぶりの出番ですね。聖剣よ、起きてください」

ウィリアムは腰に佩《は》いたその柄《つか》に手をかけると、鞘から引き抜く。ナイフ程度の刃しかついていなかったはずの部分に眩《まばゆ》い光が集まり、あっという間に輝く光の剣が現れた。

「アデルのために──すべて消し去れ」

ウィリアムの言葉に呼応するように、刃《やいば》がきらめく。

次の瞬間、剣を構えて踏み出したと思った時には、魔物が白い炎に包まれて消えていた。

流れるような剣の軌跡に合わせて、魔物達はあっという間に斬りつけられ、そして白い炎と共に血の一滴も残すことなく消え去る。

「……凄《すご》い」

すべてが終わってから、ようやくアデルが口にできたのはそれだけだ。

聖剣は無類の攻撃力を誇る剣、聖剣の主はそれを扱う英雄。

言葉としては知っていたけれど、想像をはるかに超えていた。普段のウィリアムだって十分に強いのに、今の動きは目で追うのがやっと。実際に剣で何をしたのかは正直よくわからない。

ウィリアムが剣を鞘に収めると、少し遅れて周囲から歓声が上がった。

「ウィル様が聖剣を使うところを初めて見ました。魔物を消した白い炎、凄いですね」

「ああ、そうですね。俺も初めて見ました」

興奮気味のアデルに、ウィリアムがうなずく。

「……え？　それは、どういう」

「アデルが魔物の血が飛び散らないようにしたい、と言ったでしょう？　普通に攻撃すれば血まみれですから」

言ったし、その通りなのだが、それと「初めて見た」がどうやっても繋がらない。

「なので聖剣に命じました」

あの時、ウィリアムが言った言葉は「すべて消し去れ」だが、何が起こるかはわかっていなかったらしい。

「アデルが望むことを叶えたいですから。当然ですよね」

当然って……そのためだけに聖剣は今まで出したこともない白い炎を出して、魔物を燃やし尽くしたというのか。

「え……何だか……すみません」

思わず聖剣に謝罪していると、ロジャー達が戻ってくる。

「聖剣を使ったので、ウィル様の素性がバレました。これ以上の騒動になる前に、王宮にお戻りください」

「王都の街中にこの数の魔物が入り込むなんてありえません。私は王宮の石柱を見に行きます。ウィル様は陛下に報告をお願いします」

本来、守護の石柱の結界がきちんと働いていればそうそう魔物が侵入することはない。しても王都の外か、数匹程度。今回の数は異常だ。

万が一に備えて、国王や騎士達にも事態を把握してもらわなければ困る。

「……わかりました」

「お二人だけで移動させるわけにはいきません。——応援を連れて戻るまで、住民達の誘導。まだ魔物が残っている可能性も忘れるな」

「はい！」

ロジャーに命じられた騎士の返事を聞くと、アデル達はすぐさまその場から走り出した。

王宮に入ると、三人それぞれに目的地に向かって走る。

とにかく守護の石柱の状態を確かめるのが先決だ。

はあはあと息を乱しながらたどり着いたのは、石柱の間。その扉を勢いよく開けると、中ではちょうどゾーイとジュディが祈りを捧《ささ》げていた。

石柱の前に立つ二人の聖女が手をかざし、その魔力が石柱に注がれていく。灰色の石柱が一瞬きらめき、周囲に小さな光が弾ける。

何日も、何年も続けられる、聖女の祈り。

王都の守護の石柱は、いつも通りの美しい灰色に輝いていた。

「アデル？」

「アデル様！」

二人が声を上げるのにも構わず、アデルは石柱に駆け寄るとぺたぺたとその表面を撫でる。

魔力が不足しているとも思えないし、色も問題ないし、聖女も祈りを捧げている。

特に問題はなさそうだ。

ほっとしたアデルの足に諸々《もろもろ》の疲労が一気に現れ、その場に座り込む。

「アデル、大丈夫ですか？」

ゾーイだけでなく、祈りを見届けていた神官達も集まり、用意された椅子に腰かける。守護の石柱が透明という最悪の事態ではなかったが、それでもまだ楽観視できない。

ジュディが渡してくれたお水を一気に飲み干すと、アデルはゾーイと神官達を見据えた。

「王都の街中に魔物が十四ほど出現しました。たまたま迷い込んだだけとは思えません」

石柱があっても魔物が迷い込むことはある。それでも、あの数が王都の中央まで入り込むなんてありえない。

「先日ブリアナが巡礼から戻るまで、私とジュディの二人でしたが、欠かさず祈りを捧げています。石柱の様子も普段と変わりありません」

「ブリアナの様子はどうですか?」

「いつも通りですよ。割り振られたぶんだけは祈りますし、それ以上は何もしません」

「ブリアナ様は、キラキラの宝石をいっぱい着けています。凄くジャラジャラです」

ジュディなりに何か報告をしないといけないと思ったのだろうが、ブリアナが場所にそぐわないアクセサリーを身に着けていることと、ジュディが可愛《かわい》いことがよく伝わった。

「ブリアナは舞踏会などの場でも宝石を含めて装飾過多ですし。そういう好みなのでしょうね」

二人の話からしても、特に変わったことはなさそうだ。そもそも王都の守護の石柱は長年聖女が祈りを捧げているし、その魔力容量も多いのでしばらく誰も祈らなかったからと言ってすぐに守護の力が弱まるとも思えない。

そうすると、本当にたまたま結界の隙間に潜り込んだのだろうか。

どうもすっきりしない。

「……もしかすると、それだけではないかもしれません」

「え？」

ゾーイは意味深な言葉を呟《つぶや》いたかと思うと、懐から小さな石の欠片《かけら》を取り出す。濁った半透明のそれには小さなひびが入っていて、ゾーイの手のひらで更に小さく砕けた。

「これは赤の聖女が祈った後に落ちていたものです。帰る時にネックレスの一部が欠けていたので、この石が欠けた部分なのだと思います」

「ブリアナにしては随分と微妙な石のネックレスですね」

特定の宝石を好んでいる様子はないが、それでもブリアナの装いはいつも派手だ。こんな風に濁った色の石を身に着けるのはイメージと合わないが、少し趣味が変わったのだろうか。

「赤の聖女が身に着けていたのは、黒い石のネックレスでした」

「え？」

もう一度ゾーイの手を見るが、やはりそこにあるのはひび割れて濁った半透明の石だ。どういうことなのかわからないが、ゾーイが意味のないことを言うとも思えない。

「最初から少し怪しいところはありましたが……ブリアナ・リントンは聖女に値しないかもしれません」

「それは、どういう……」

ゾーイは微笑みながら、ゆっくりとアデルの頭を撫でる。ただそれだけで心が落ち着き疲労さえ回復するような気がするのだから、ありがたい存在だ。

「私の方でも少し調べてみます。アデルは巡礼から帰ってきたばかりでしょう？　まずはお風呂に入って支度をなさい」

有無を言わさぬその言葉に、アデルはただうなずくことしかできなかった。

黒の聖女の宮に戻ると早速入浴し、ドレスに着替える。

ウィリアムも魔物の報告をしたはずだし、石柱は無事だったのでとりあえずは安心だ。もう少しで大聖女の試練の判定と舞踏会が始まるのだから、すぐに向かえるように準備しておかなければ。

だが落ち着かないアデルと違って、髪を結うキーリーは御機嫌だ。

「毎度のことながら、巡礼に出て外を歩き回っているのに、アデル様のお肌は綺麗《きれい》ですね。髪も熱心に手入れしている貴族令嬢に勝るとも劣らない艶ですし」

「褒めても何も出ませんよ」

今回の巡礼ではずっとウィリアムの姿を見る羽目になったので、美しさに関して目が肥えてしまった。キーリーが用意してくれたドレスも結ってくれた髪も素晴らしいのだが、寝起きで寝ぐせのウィリアムの足元にも及ばない。

そう考えると、着飾るという行為の何と空《むな》しいことか。

「ただの事実です。どう控えめに見積もっても、今夜の舞踏会でアデル様が一番美しい。私はその輝きを演出し、普段馬鹿にしてくるアイツやアイツが悔しがる様を見るのが生きがい……

ふふふ」

キーリーは熱心に仕えてくれるけれど、ちょっと方向性がおかしい。

一応褒めてくれているわけだし、悪いことではないのだが……とりあえず話題を変えよう。

「それにしても、随分素敵なドレスを仕立てましたね」

アデルが身に纏《まと》っているのは、淡いピンクのドレスだ。

金糸の刺繡《ししゅう》で縁取られた艶やかな生地は、光の加減で花が浮かび上がる。腰には金の繊細な鎖で編まれたベルトが巻かれ、その端は優雅に垂らされて揺れていた。ふんわりと広がるスカート部分には銀糸で模様が描かれており、アデルが動くたびに光を弾いてきらめく。

そしてすっきりとした首元に輝くのは、巡礼前にウィリアムに贈られたラピスラズリのネックレス。金銀とピンクという明るい色の中に、瑠璃色はとても映える。

だがウィリアムの瞳の色だと思うと、何だか落ち着かなかった。

まあ、でも既に身に着けて人前に出たことはあるし。他にネックレスも持っていないのだから仕方がない。

「こちらは殿下から贈られたドレスです」

自分で自分を納得させてうなずいていたアデルは、キーリーの言葉に動きを止めた。

「殿下って……ウィリアム殿下ですか？」

この国で殿下と呼ばれる存在は、王妃と三人の王子のみ。一応アデルは王子妃だが、聖女として扱われるので殿下と呼ばれることはない。

その中でアデルにドレスを贈るのが一番自然なのは、夫であるウィリアムだ。

結婚当初に仕立てたドレスをマイナーチェンジしていたくらいだし、ドレスを贈ってきてもおかしくはない。

だが、結婚式からこの一年の無関心だったウィリアムと、巡礼前から今日までのウィリアムは、別人かというほどに違いすぎるのだ。

その理由を考えると、どうしても王命とブリアナのためという結論に至るしかないのだが……。


『俺はアデルと、形だけではない夫婦になりたい』


あの時のウィリアムの言葉は、本当に演技だったのだろうか。

魔物の出現で途中になってしまったが、ウィリアムは何を言いたかったのだろう。

もしかして、もしかすると、本当にアデルと夫婦としてやり直したいと思っているかもしれない。あるいは、そう思わせること自体が狙いなのか。

……白すぎる一年の結婚生活を思えば、後者の確率が高い気がする。

巡礼自体は引き受けても構わないので、一度腹を割って話すべきだろう。何にしても一人で考えていても答えは出ないので、時間の無駄だ。

アデルは気持ちを切り替えようと、ゆっくり深呼吸を繰り返す。

するといつの間にかアデルの前から消えていたキーリーが、窓の外で女性の腕を捻《ひね》り上げていた。

「……何をしているのですか、キーリー」

「ああ、アデル様。申し訳ありません。ただの泥棒です。アデル様の努力の結晶を奪おうとは、不届き者め」

努力の結晶というのは、庭の薬草のことだろうか。

黒の聖女の宮の庭は薬草畑状態なので盗もうと思えば盗める。だが曲がりなりにも聖女で王子妃の宮の庭に盗みに入るとなれば、そこそこの罪。それに見合うだけの高価な薬草はないので、あまりにも損だと思う。

身なりからしてどこかの宮の使用人なのだろうし、こんなことで揉《も》めたくない。

「欲しい薬草があるのなら持っていっていいですよ。キーリー、放してあげてください」

「わかりました」

キーリーが腕を緩めた瞬間に女性は走り出すが、その頬をキーリーが投げたナイフがかすめる。

はらはらと女性の髪が散らばり、頬から一筋の血を流した女性が錆《さ》びた人形のようにぎこちなく振り向いた。

「その場に伏せなさい。アデル様に血をお見せしたくありません」

そう言うと、キーリーはにこりと微笑む。

女性は少し身じろぎをするが、それを封じるようにキーリーの投げたナイフが反対の頬をかすめる。

両頬から血を流した女性は、そのまま静かに地面に伏せた。

「……めちゃくちゃ血が出ていませんか」

「血は、滴り落ちてからが出血です」

謎の判断基準を公開すると、キーリーはどこからか取り出した縄で器用に女性を縛り上げる。

というか、木にぶら下げる。

薬草泥棒の存在も衝撃だが、正直キーリーの方が怖い。

「昨今の侍女はナイフを投げるのでしょうか」

混乱して変な質問をしてしまったが、室内に戻ってきたキーリーは特に気にする様子もない。

「さあ、どうでしょう？　私は騎士なので侍女の嗜《たしな》みにはあまり詳しくありませんので」

「騎士!?」

キーリーは黒の宮の筆頭侍女のはずだが、どういうことなのだ。

「ああ、アデル様は気付いていなかったのですね。今度任命書をご覧になってください。私の肩書は『第三王子妃護衛騎士』ですよ」

「ええ!? だって……何故《なぜ》騎士が侍女業務をしているのですか?」

「それは――」

するとと扉を叩く音が聞こえ、様子を見に行ったキーリーが表情を曇らせながら戻ってきた。

「アデル様。赤の聖女の使いが来ました」


ブリアナの使いだという使用人に案内されたのは、赤の聖女の宮。同じ王宮内で近くにあるのに、こうして訪れるのは初めてである。

近付くなと言われていたのでアデルは嫌われているのだと思っていたが、後々聞いてみるとゾーイも同じだった。要はアデル個人というよりも、平民出身の人間とは関わりたくないという意味だったらしい。

まあ、同じ貴族出身の聖女であるジュディには「嫌い」と言われているので、結局は誰も訪れていないようだが。

それにしても、豪華だ。

基本の作りは同じようだが、その様子は黒の聖女の宮とは雲泥の差。回廊に飾られた花や絵画、どこからか漂う甘い香り、どう考えても不要だろうという使用人の数。

いかに赤の聖女の宮にお金がかかっているのかがよくわかるが、正直無駄にしか見えない。

アデルとしてはろくに使わない上に管理が手間なので、黒の聖女の宮を縮小してほしい。何なら黄の聖女の宮のように黒の聖女の宮も閉鎖して、王都に部屋を借りるのもありだ。一人暮らしというものをしたことがないので、ちょっとワクワクする。

石柱に祈りを捧げることを考えると王宮の近くがいいのだろうが、そういう場所は家賃も高そうだ。その場合は聖女の費用として家賃を出してもらえるのか、きちんと確認しなければ。

「聖女様。黒の聖女をお連れしました」

立地条件から家賃に家具の配置まで考え始めたところで、使用人の声が聞こえて我に返る。

そうだ、楽しい一人暮らしのことは後で考えよう。ゾーイが遊びに来た時のためにティーセットも用意しておきたいし、キーリーに美味《おい》しい紅茶の淹《い》れ方も教えてもらうのだ。

うきうきしながら扉をくぐると、赤と金の配色が目に痛いソファーに座るブリアナと、ダドリーの姿があった。

ブリアナはこの宮の主でアデルを呼び出したのだからわかるとして、ダドリーは何故ここにいるのだろう。

魔物の侵入騒ぎがあったし周辺の集落の様子を聞きたいと思って訪ねたが、何だか嫌な予感がする。話を済ませたら、さっさと出た方が良さそうだ。

促されるままにブリアナとダドリーの向かいに腰を下ろすと、早速アデルは口を開いた。

「王都の中心に魔物が出ました。あなたが巡礼した地域の様子はどうでしたか?」

すると、それまでは一応それなりに笑みを湛《たた》えていたブリアナの表情が一気に曇った。

「本当に図々《ずうずう》しい女ですわね。そのドレスもどこかから盗んできたのやら」

わざとらしくため息をつく様子からして、このドレスの出所は知らないらしい。アデルですら信じられないので、無理もない。

「大聖女になるのはわたくしです。あなたは聖女の位を剥奪され、ウィリアム殿下と離婚し、王宮から追い出されるのですよ」

「大聖女の判定はこの後です。質問に答えないのは何か都合が悪いからでしょうか? それとも会話もできないのですか? それなら帰ります」

わざわざ呼び出すくらいだから石柱や聖女に関することだと思ったのに、ただの嫌味なら時間の無駄だ。

立ち上がって扉に向かおうとすると、ブリアナが険しい顔でその前に立ちふさがる。

「悪いのは、全部あなたです! 石柱に魔力が溜《た》まらないのも、全部あなたのせいです!」

他人に責任を押し付けるのはブリアナの基本だが、今回は少し気になる部分がある。

「……巡礼先で魔力が溜まらない石柱があったということですか?」

守護の石柱は聖女の祈りを受けてその魔力を溜める役割を持つ。ブリアナの言い分が正しいのなら、どこかの集落の石柱が魔力をとどめられないということだ。

だとしたら、一大事。代わりの石柱を作るのに一体どれだけの時間がかかるのだろう。

思考のせいで反応が遅れた隙に、アデルに近付いたブリアナが、あっという間に指輪を抜き取る。

いくらアデルを目の敵にしているからと言って、まさか指輪を直接奪うとは思いもしなかった。

「ちょっと、返してください」

ろくに着る予定もないドレスならともかく、あれはウィリアムとの結婚指輪。結婚の唯一の証《あかし》とも言えるもの。

王子妃に贈られたものだから当然値も張るだろうし、さすがに奪われたら困る。

「わたくしがウィリアム殿下の婚約者になるはずでした！」

「……候補の一人だったのでは？」

正式な婚約者ならともかく、候補だったという理由で恨まれても困る。その理屈で窃盗が許されるのなら、アデルはあと何人の候補達に盗まれ続けなければいけないのだ。

「殿下がわたくし以外を選ぶはずがありません！」

「ですから、選ばれなかったのですよね？　それを八つ当たりされても」

文句も盗難も、ウィリアムにお願いしたい。

それができないからアデルの方に来ているのだろうが、どちらにしても迷惑だ。

「あなた、本当に生意気になりましたね！　あなたが今持っているものは、わたくしのもの。全部、返してもらいますから！」

指輪を握りしめたまま部屋を出て行こうとするブリアナの腕を、アデルが掴む。

「まずは質問に答えるのが人としてのマナーです。周辺集落の石柱の状態はどうでしたか。魔力が溜まらないという石柱の所在は。魔物の出現傾向や種類、数は？」

「だから、それは全部あなたのせいだって言ったでしょう！」

ブリアナはじたばたともがくが、アデルの手は緩まない。

筋肉のきの字すらも存在しないような細腕が、巡礼で鍛えられたアデルを振りほどこうなど百年早いのだ。

「質問が難しいということですか？　石柱の色は何色です？　割れていますか？　これくらいはわかりますよね？」

「ふざけないで！」

これぞ鬼の形相という顔でそう叫ぶと、ブリアナは掴まれていない手で握っていた指輪を床に叩きつける。豪華な絨毯《じゅうたん》がクッションになったおかげで、指輪はポンポンと軽快に転がっていった。

少し視線が逸《そ》れた隙にアデルの腕を振り払ったブリアナは、その指をこちらに突きつける。

「あなたはこの部屋から出しません！　絶対、絶対、王宮から追い出してやりますから！」

絶叫と共に部屋からブリアナが出ると、すぐに勢いよく扉が閉められる。

「……出すのか出さないのか、はっきりしてくださいよ」

ブリアナは基本的に人の話を聞かないが、今日も順調に話が通じなかった。

あの性格からして石柱に何かあってもすべて他人のせいにするのだろう。

どうでもいいが疑惑の石柱の所在と状態の確認は早くしなければ。ブリアナが無理なら、同行した騎士に聞けばわかるだろう。

「まったく、面倒なことになりましたね」

アデルはため息をつくと、そのまま扉に手を伸ばす。すると外から鍵をかける音が聞こえ、当然のようにドアノブを握っても扉は開かない。

つまり、部屋の外には使用人が待機しているわけか。

「……やっと、二人きりになれたね」

場にそぐわぬ言葉に振り返ると、ダドリーが絨毯の上の指輪を拾って微笑んだ。

「殿下も閉じ込められていますが、赤の聖女と喧嘩《けんか》でもなさったのですか？」

「いいや？　そもそも喧嘩するほど関わりもないし」

「親密なのだと聞いたことがあります。婚約するのでは、と」

ダドリーは肩をすくめると指輪を上着のポケットに入れ、そのままアデルに近付く。

「大聖女の判定はもうじき。離婚はウィリアム殿下の判断。私をこの部屋に閉じ込めても無意味です。ダドリー殿下からも鍵を開けるよう言ってもらえませんか」

赤の聖女の宮の使用人も、第二王子に命じられれば従わざるを得ないはず。扉を破ることもできなくはないが、後々面倒なことになりそうだ。それに無駄な体力を使わずに済むのなら、その方がいい。

だがダドリーは扉の向こうに声をかけることもなく、アデルの前に立ち止まった。

「まったくの無意味ではないさ」

「どういうことですか」

ダドリーだってここに閉じ込められても何もいいことなどないのに、何故さっさと出て行かないのだろう。

「赤の聖女は魔物の出現を黒の聖女のせいにする。君がウィリアムと離婚し、ただの平民になれば、処刑すらあり得るだろう。……大人しく俺の庇護《ひご》下に入った方がいいと思うよ？」

それは確かに考えられる未来だ。ただの平民が魔物の出現に関わっているとなれば、厳罰は免れない。

だが、それはアデルの身の上の話であって、ダドリーには何の関係もない。

「私を匿《かくま》って、ダドリー殿下に何の得があるのですか」

こう言っては何だけれど、ダドリーは純然たる厚意でアデルを助けるような人ではない。それはわかるのだが、アデルで得られる利益の見当がつかないので謎が深まるばかりだ。

するると、ダドリーはにこりと微笑む。ウィリアムの兄だけあって容姿が整っているので、絵になる笑顔だ。

「俺、赤の聖女よりも黒の聖女の方が、断然好み」

「……はい？」

政治的な立場などを考えていたのだが、何だか凄くどうでもいい言葉が聞こえたような。

「ウィリアムのもの、っていうのも最高。あいつ、弟のくせに生意気。聖剣の主だからって調子に乗りやがって。……せっかく巡礼で消してやろうと思ったのに」

何を言い出したのか理解しきれず混乱する中、最後の一言にぴくりと反応する。

巡礼で消すというのは、まさか――!?

思いついたその可能性は、あまりにも恐ろしくて。それでも無視できずに、アデルは目の前の第二王子を見据えてゆっくりと口を開いた。

「……巡礼中に、襲撃してきたのは」

「ああ、黒の聖女には怖い思いをさせてしまったね。ウィリアムだけを仕留めろと言ったのに。君を巻き込むなんて本当に役に立たない奴らだ」

確かにあの男達は「聖女は邪魔だ」と言っていたし、明らかにウィリアムを狙っていた。

「もしかして石柱と聖女は役に立たないと巡礼を拒否させたのも、ダドリー殿下ですか」

「それは俺じゃないよ。赤の聖女が君の巡礼を邪魔したいと言うから。まあ、少しだけ協力したけれど」

つまりダドリーという王族が関与していたから、あの模様を使えた。そして直接指示したのが、ブリアナだというのか。

「何故、そんな馬鹿なことを」

ウィリアムを襲うのも、石柱と聖女への嫌悪感を煽《あお》るのも、何ひとつ利点がない。それどころか、場合によっては自分や国を滅ぼしかねないというのに。

まったく理由が思い当たらない愚行を目の当たりにすると、怒りよりも困惑からの恐怖が勝つ。

一体何が目的なのか、本当にわからないのだ。

それに気付いているのかいないのか。ダドリーは穏やかな笑みをアデルに向ける。

「黒の聖女は、次期国王が誰だか知っている？」

「第一王子殿下、ですよね」

現国王の第一子が王子なので、次の王になる。子供にだってわかる簡単な話だ。

「では、その第一王子が病に倒れていることは？」

「……病？」

確かに、第一王子の姿はほとんど見たことがない。でもそれはアデルが王都にいない上に、ろくに社交していないからではないのか。

「そうだとしても、何の関係が」

アデルの問いを聞いたダドリーは目を丸くし、次いで笑う。ウィリアムに似ているはずなのに何か違うと思っていたが、やっとわかった。

ダドリーの笑顔は、嘲笑。

他者を見下しているからこそ、美しいのに見ていて不快なのだ。

「本当に黒の聖女はそういうのに疎いね。赤の聖女なんて、すぐに察して食いついてきたのに」

この口ぶりではブリアナに好意は持っていないようだが、それならば何故一緒に行動するのかがわからない。

「兄はもう長くない。つまり俺が次期国王になる」

「そうだとしても、王位継承順はダドリー殿下の方が上ですよね。ウィリアム殿下を排除する意味がありません。それに赤の聖女が食いつくというのは、何ですか」

第一王子の体調はわからないが、それとウィリアムを襲うのに何の関係があるというのだ。

するとダドリーはため息をつき、幼子を諭すかのように微笑みながらゆっくりと口を開く。

「俺はね、邪魔になるとわかっているものを見逃すほど寛大じゃない。赤の聖女は何か勘違いしているみたいだけれど、都合がいいから今は泳がせているだけ」

「勘違い？」

「あの女、俺の妃《きさき》に……王妃になれると思っているみたいだよ」

今度は紛れもない嘲笑。

確かにそういう噂《うわさ》もあったし、アデルも二人は婚約するのかと思っていた。

だが、よく考えるとそれはおかしい。

「でも、ウィリアム殿下は自分のものだと」

婚約者になるのは自分だったし、アデルが持っているものは全部自分のものだから返せと言っていた。論理は破綻しているが、ウィリアムに執着しているのはわかる。それがダドリーの妃になるというのは、どういうことなのだろう。

困惑するアデルに、わかると言いたげにダドリーが何度もうなずいた。

「赤の聖女は、何故か自己評価がめちゃくちゃ高いからね。俺とウィリアム二人に愛されていると本気で信じている。王妃になった上で、ウィリアムを愛人のように囲うつもりらしいよ」

「さすがに王族相手に、それは」

アデルと離婚後にウィリアムと結婚をするだけなら、可能だろう。色々言われはするだろうが、国としては聖女を確保できるわけだし、結果はそれほど変わらない。

だが王妃となった聖女が、別の聖女の元夫である王子を愛人にするなんて、どう考えても無理だ。

「だろう？　本当に自信過剰だよね。……まあ、そう仕向けたのは俺だけれど」

「え？」

「ブリアナ・リントンは聖女の中でも身分が高く、それに比例するように自己顕示欲も高かった。自分よりも評価が高い黒の聖女を憎み、大聖女という位を渇望していた。それをちょっと刺激して、便利な石を用意したってわけ」

「便利な石？」

「守護の石柱のなりそこないとでもいうのかな。欠片や純度の高くない石。それらは普通、何に使われるか知っている？」

ごく小さな物は巷《ちまた》でお守りとして流通する。ほとんど魔力を溜める力もないので、本当に気休めだ。今回の巡礼でアデルとぶつかった子供が持っていたのも、その類《たぐい》。込めた魔力も微々たるものなので、せいぜい数日で色が抜けただろう。

それ以外……それなりの大きさとなると、思い当たるのは。

「……聖女の判定」

「正解」

ダドリーは楽しそうに人差し指を立てると、ポケットからいくつかの石を取り出す。

それらは皆真っ黒で、そして少し懐かしい気配がした。

「どうぞ」

差し出された石を手に乗せて見れば、懐かしいと感じた理由がすぐにわかる。

「これ……私の魔力？」

「聖女は全部で四人。その存在が確認されないままのことも多いけれど、今は全員揃《そろ》っているだろう？　だから聖女の判定をする必要がない。今神殿に残されているのは、過去に判定に使われた石のみ。大量の判定用の石に魔力を込めたことがあるのは君だよね。黒の聖女、アデル」

そうだ。確かにアデルは聖女の判定の際に、その場のありったけの判定用の石に魔力を込めて黒に染めた。

だが、それを何故ダドリーが持っているのだろう。

「まだわからない？　本当に黒の聖女はそういうことに疎いね」

ダドリーはアデルの手から石を摘まむと、自身の手のひらでころころと転がす。

「聖女の仕事は守護の石柱に祈りを捧げること。では、それが正しく行われているかどうかは誰が判定する？」

「判定も何も、石柱に祈りを捧げれば色が変わります。一目でわかりますよ」

石柱は透明だったり半透明だったりと状態は色々だが、魔力で満たせば同じこと。聖女の魔力の色……アデルの場合には黒に染まる。

「黒の聖女はこの五年間、ほぼ巡礼に出かけっ放しだから。基準が巡礼なんだよ。でも王宮にいる聖女にとって、祈る対象は石柱の間の大きな守護の石柱だ」

「それはそうで……あ？」

そうだ、国内最大の王宮の守護の石柱。しばらく聖女が祈らなくても結界に影響がないほどの魔力を溜め込んだあの石柱は、常に魔力の色が混じった灰色。

誰かが祈ったからといって、その色をいちいち変えることなどない。

「わかった？　赤の聖女は自らの弱い魔力を、黒の聖女の魔力が込められた石で補ってその務めを果たしている。自分こそが聖女だ、黒の聖女は邪悪だ、と言いながら。何ともみっともない話だよね」

「では、巡礼に出ないのは……」

「まっさらな石柱相手じゃ、自分が判定用の小さな石をギリギリ変化させる程度の弱い聖女だとバレてしまうからね。過去には一ヶ所に数日滞在して石柱を満たす聖女もいたようだけれど、無駄にプライドの高い赤の聖女がそんなことするはずもない」

にわかには信じられない話だが、それでも辻褄《つじつま》は合う。

ブリアナが巡礼に出ないのは、貴族令嬢ゆえに辺鄙《へんぴ》な集落の石柱の意味を理解できていないからだとばかり思っていた。

それが自分の未熟さを隠すためだったかもしれないというのか。

「文句は色々ありますが、神殿が判定用の石を使って祈りを捧げることを認めているのなら、それでいいです。今後は巡礼に出てもらいますけれど！」

ぷん、とそっぽを向くと、ダドリーが楽しそうに笑い出した。

「ああ、本当に黒の聖女はまっすぐだね。判定用の石は神殿の管理下にある備品。それを使って仕事をするなんて、正当な聖女として認められるわけがないだろう。この石は俺が赤の聖女に渡していたんだよ」

「じゃあ、神殿は知らないのですか？　でも、それならどうやってその石を手に入れて……」

神殿が知らず、認めていないと言うのなら、持ち出すことは不可能なはずだ。だがダドリーは実際に判定用の石を持っている。

その事実が薄気味悪くてぞわぞわする。

「神殿の名誉のために言っておくけれど、全員が加担しているわけじゃないよ。ただ、どこの世界にも権力や財力になびく人間は存在するってこと。……真面目に巡礼する聖女様には衝撃かな」

衝撃どころの騒ぎではないが、今は神殿の腐敗よりも確認したいことがある。

「では先程赤の聖女が言っていた『魔力が溜まらない』というのは」

「石柱の不備じゃないよ、たぶん。単純に石柱の色をすぐに変えられるだけの魔力を持っていないんだろう」

「……わかりました」

石柱の状態が悪いわけではないというのは朗報だ。だがそれ以外はろくでもない。

聖女の能力詐称、神殿の備品の横流し、それを許す腐敗。

どれも見逃せないが、大聖女の判定のために石柱の間には国王以下神官達も揃っているはずだし、まずはそこに行くのが先決だ。

アデルはため息をつくと扉に向かいドアノブに手をかけるが、やはり開かない。

こうなったら、扉を壊した方が早い。

拳に魔力を集中させようとすると、その手をダドリーに掴まれた。

「まあ、そう焦らないで。せっかくの綺麗な顔が、怖いなあ」

「ふざけている場合ではありません！」

思い切り腕を振り払うとダドリーはさっと手を引くが、その表情は笑顔のままなのが腹立たしい。

「さっきも言ったけれど。俺は君のことを買っているんだよ、黒の聖女。真面目に巡礼に取り組むところも、見た目の美しさも、聖女と呼ぶに値する」

「褒められても嬉しくないですし、ウィリアム殿下を襲わせるような人は、国王に相応《ふさわ》しくありません」

神殿を唆《そそのか》して魔力不足の聖女に備品を横流し、弟王子を襲わせ、石柱と聖女への不信感を煽る。国王どころか、王族の風上にも置けない。

アデルは怒りを込めて睨みつけるが、ダドリーは少し眉を下げるだけだ。

「もう少し柔軟なら、妃にするのも悪くなかったけれど……どちらにしても、王妃は一般貴族から選ぶつもりだからな」

基本的に聖女と聖剣の主……英雄は囲い込みのために王侯貴族と縁組するのが習わし。

ウィリアムがアデルと結婚したのもそれが理由だし、ブリアナが王妃になれると思っている根拠もそこだろうに。

「年頃の該当者がいるのに、別の人を選ぶということですか？」

「国の主はあくまでも王であって、英雄ではない。その力を削ぐために——君達には役に立ってもらうよ」

役に立つという言葉の意味はよくわからないが、響きからしていい話ではなさそうだ。

「赤の聖女が上手《うま》く君を蹴落とすなら、それでいい。有能で勤勉な聖女が排除され、無能で自己顕示欲だけが強い聖女が頂点に立つ。遠からず内部から崩壊し始めるだろう。逆に馬脚を露《あらわ》しても構わない。どちらにしても神聖な聖女の権威に傷がつく。あとは俺が国王になったら聖女と神殿の権限を奪うだけだ」

「ダドリー殿下は、聖女の力を信じていないのですか？」

聖女の祈りは、国の守護の要。

王族がそれを壊すというからには、聖女と石柱を不要だと思っているのだろうか。

「そんなことはないさ。一定の効果は認めるよ。ただし過大評価ではある。巡礼も公費の無駄遣いだから、半減させるつもりだ」

「そんな」

巡礼には単純にお金がかかる。同行する騎士達、移動に使う馬や馬車、宿泊費に食費。

王家と神殿からの支援がなければ、いくら聖女がいても国中を回るのは難しい。

「それでは石柱の魔力が尽きて、魔物が」

「倒せばいい。それに今までずっと石柱と聖女の恩恵だと思っていたものが、実際は存在しない。あるいはなくても平気なものだ、と気付くかもしれないぞ。聖剣の主が常に存在しなくても何の問題もないように」

――それは違う。

だって、色を失くした石柱はすべてを奪い去った。

黒く焦げた大地に、煤《すす》で汚れながらも黒く輝く石柱。

五年前のあの日、もう絶対に同じことは起こさないと誓ったのだ。

アデルはゆっくりと息を吐くと、ダドリーを見据えた。

「英雄の力が必要ない世界なら、魔物に脅かされないというのなら、なくしてもいいでしょう。でも、それを決めるのは民であって、王ではない。……殿下の主張は、ただの自己満足です」

「英雄が必要だというのも、君達の驕《おご》りだよ」

即座に返すあたり、ダドリーの中ではもう揺るぎない答えが出ているのだろう。

だが、アデルにも譲れないものがある。

「王都の中に魔物が現れただろう？　それも街の中心に。そこに至るまで、騒ぎにならないのはおかしいと思わなかった？」

そう言われれば確かにそうだ。

あの魔物は空を飛ばない。王都に侵入したというのなら、まずは門番がその姿を見るはず。それをすり抜けたのなら、魔物が出現して間を置かずに門番なり警備の人間が現れるはず。ロジャー達がすぐに対応したとはいえ、誰の姿もないのはさすがに変だ。

「聖女の力は万能ではないと思わせるには、守護の力が手厚い王都の中心で魔物の姿を見せればいい。これが、結構手間暇かかるんだ」

「まさか運んできたのですか？　聖女への不信感を煽るためだけに。誰かが命を落とす可能性もあるのに？」

ダドリーは、ただ微笑む。それは何よりの肯定の証だ。

アデルの中に、炎がともるように怒りが湧いた。

「――このクズ！　すぐに全部伝えて……」

吐き捨てるようにそう叫びながら扉に手を伸ばすが、その腕を掴まれ勢いよく引き寄せられる。

「君が訴えて誰が信じるんだい、邪悪な聖女様？」

何度か腕を振るが、ダドリーの手は緩まない。楽しそうに笑う姿が腹立たしく、アデルはその顔を睨みつける。

今考えれば、ブリアナがアデルをそう呼んで追い出そうと騒ぎを起こしたのも、ダドリーにとっては好都合だったのだ。

夫は無関心で貴族内での信頼は皆無の、孤児だった平民出の聖女。しかも公の場で石柱の魔力を解放し、王子にも危害を加えている。

悔しいが、社交不足がここに来て足を引っ張っているのは間違いない。

まして相手は王子と侯爵令嬢である聖女。アデルが何か言っても、ダドリーやブリアナを信じる人間がほとんどだろう。

……いや、違う。

『俺は、アデルと形だけではない夫婦になりたいです』

アデルの脳裏に、銀の髪と瑠璃色の瞳が浮かぶ。

結婚から一年、ずっと無関心だったけれど。最近の態度は、ただの演技なのかもしれないけれど。

それでも――あの人だけは、きっと。

「ウィリアム殿下なら、話を聞いてくれます」

アデルの腕を掴んだままのダドリーは、その言葉を鼻で笑い飛ばす。

「黒の聖女は健気《けなげ》だな。だがこの一年の結婚生活が破綻しているのは周知の事実。ここで他の男と密会となれば……さすがのあいつも諦めるだろう」

「それは」

どういう意味だと聞くよりも早く腕を引っ張られ、バランスを崩した体を抱き寄せられる。

ダドリーの腕の中という不本意極まりない位置から抜け出そうとすると、アデルの顎に手が伸ばされ無理矢理に上を向かされた。

目の前の顔は造作こそ整っているが、もはや憎たらしいだけだ。

「俺に尽くすなら、可愛がってやるぞ？」

「死んでもお断りです」

即答したその瞬間、何かがぶつかる音が聞こえ、同時に扉が吹き飛ぶ。

「──アデル！」

大きな音と共に勢いよく室内に飛び込んできたウィリアムは、アデルからダドリーを引き剥がすと、あっという間に殴り飛ばした。

第七章　真の大聖女

勢いよく床に倒れるダドリーに唖然《あぜん》とする間もなく、気が付くとアデルはウィリアムの腕の中に閉じ込められていた。

「ぐっ」

「アデル、大丈夫ですか？」

その力の強さに変な声が漏れると、ウィリアムが慌てて腕を緩めて顔を覗《のぞ》き込む。心配してくれるのは嬉《うれ》しいが、そもそも何故《なぜ》ここにいるのだろう。

視線で疑問を察したらしいウィリアムは、アデルを解放することなくただうなずく。

「アデルの侍女が伝えてくれました」

そうだとしても、ウィリアムが直接来る理由にはならないと思うのだが。キーリーはどんな訴え方をしたのだろう。

「乱暴だな。彼女の唇が切れたらどうするんだ」

ゆっくりと体を起こしたダドリーは、そう言って笑いながら意味深に唇を拭う。ダドリーに抱きしめられていたのは見たはずだし、そんな言い方をしたらまるでキスしていたみたいではないか。

ダドリーとそういう仲なのだと誤解されるかもしれないと思うと、怒りと悔しさと恐怖が一気にアデルの心を締めつけた。

「殿下、違います。私は」

するとウィリアムはアデルの唇を押さえるように、指でそっと触れた。

「大丈夫、俺はアデルを信じます。……遅くなってすみませんでした」

驚いて言葉が出ないアデルに微笑《ほほえ》んだウィリアムは、そのまま優しく抱きしめる。

来てくれた、信じてくれた。

それだけで――こんなにも、嬉しい。

何だか胸が詰まってしまい、首を振るのが精一杯だ。それをわかっているとばかりに頭を撫《な》でられ、危うく目に涙が浮かびそうになる。

「少し、待っていてくださいね」

優しい声音がそう告げると、アデルを包んでいたぬくもりが消える。

次の瞬間、汚い呻《うめ》き声と共にウィリアムに蹴り飛ばされたダドリーが床に倒れていた。

更に仰向《あおむ》けになったダドリーを踏みつけるようにして体重を乗せたウィリアムが、勢いよく床に剣を突き立てる。

顔の真横に刃《やいば》があるダドリーは声にならない悲鳴を上げるが、ウィリアムの表情は微動だにしない。

「アデルを抱きしめて、顔に触れた。そしてアデルが泣きそうになった。これはつまり――万死に値する罪です」

ウィリアムはひとかけらの容赦もない冷えた声でそう言うと、床に突き刺さった剣から手を放す。

これで終わりかと少しほっとすると、ウィリアムの手が腰に佩《は》いたもう一本の柄《つか》にかかった。

「で、殿下。それは聖剣……」

まさかとは思うが怖くなって思わず口を出すと、氷よりも冷えきっていたウィリアムの表情がすっと柔らかくなる。

「大丈夫ですよ、アデル。ちょうど何も残さず消す方法を身に着けましたので。嫌なものを見せずに済みます」

それは先程王都の中で魔物を消し去った、白い炎のことだろうか。

兄王子が魔物扱いで消し炭予定なのも衝撃だが、一番怖いのはアデルが許可したら本当に実行しそうなところだ。

真面目で紳士な物腰柔らかい王子はどこに行ったのだと聞きたいが、とりあえず問答無用の殺生……というか焼却は困る。

「そ、そこまではしないでほしいというか。もう少し穏便な方法で解決を……」

「この罪人を許すのですか？」

もう呼び名が兄ですらなくなっているが、とにかく今はウィリアムを刺激してはいけない気がする。

「え、ええと……私が」

「ああ、アデル自ら報復したいと。……なるほど。それなら仕方ありません」

よくわからないけれど納得したらしいウィリアムは聖剣から手を離すと、床に突き刺さった剣を鞘《さや》に収める。

ついでとばかりにダドリーのお腹《なか》を踏むものだから蛙《かえる》が潰れたような声が響いたが、何も気にする様子のないウィリアムは再びアデルを優しく抱きしめた。

何故抱えられているのかわからないが、ここでウィリアムを野放しにすると白い火祭りが開催されかねない。

とりあえずじっとしているとダドリーの舌打ちが聞こえ、やがてよろよろと立ち上がった。

「一年間まともな結婚生活すら送れていないのに、まだ諦めないのか。いいか、嫌われているんだよ、おまえは！」

吐き捨てるようなダドリーの叫びに、アデルを抱えたウィリアムの腕に力が入るのがわかった。

「……『きらい』ですか」

静かで低いその声に、アデルは思わずびくりと肩を震わせる。

「――甘いですね。俺は既にアデルから致死攻撃をくらって生き延びた男。今更、兄上の言葉程度で怯《ひる》むとでも？」

「致死攻撃？」

まさかという顔でダドリーがこちらを見るので、慌てて首を振る。まるでアデルが暗殺犯のような扱いはやめてほしい。

大体、聖剣の主であるウィリアムをどうやって死に至らしめるというのだ。

「つまり嫌われているんだろう？　英雄同士というだけで縁組されたんだから、黒の聖女もかわいそうに」

かわいそうなのはウィリアムだと言いかけるが、ぎゅっと抱きしめられたせいで言葉が引っ込んでしまう。

「正直殴り足りませんが、今は時間がない。行きましょう、アデル」

殴るどころか消そうとしましたよねと言うわけにもいかず、ウィリアムに手を引かれて部屋を出る。

回廊を早足で移動しながら空を見上げると、辺りは暗い。

だいぶ時間を無駄にしてしまったのは悔しいが、とにかく今は石柱の間に急ぐべきだ。

「来てくださってありがとうございます、殿下」

「赤の聖女に呼び出されたと聞きましたし、兄上も一緒らしいという情報が入りましたから。

キーリーには窃盗犯の方を任せました」

「……殿下は私の侍女の名前をご存じなのですか？」

自分の宮ならともかく、結婚以来一度たりとも訪問していない黒の聖女の宮の侍女の名前を、何故知っているのだろう。

「キーリーをアデルの宮に配置したのは、俺ですから」

「だから第三王子妃護衛騎士、なのですか？」

黒の聖女の宮の侍女ではなく、第三王子ウィリアムの妃《きさき》としてのアデルにつけられた騎士。そう考えればウィリアムが名前を知っているのもうなずける。

「アデル、指輪はどうしました？」

「え？　あ！　ブリアナに取られて……今は確かダドリー殿下が持っています」

アデルの答えを聞くと、ウィリアムは立ち止まる。

ほぼ唯一の夫婦の証《あかし》を失ってしまったわけだが。やはり公式の場では世間体があるから困るのだろうか。

するとウィリアムは自身の左手から指輪を外し、そのままアデルの手を取る。本来の場所である左手の薬指では明らかにサイズが合わない、とわかっているせいだろうか。その隣の中指に指輪を嵌《は》めると、再びアデルの手を引いて移動し始めた。

「殿下？」

見た目を取り繕うにしても、中指では意味がない。それにウィリアムが指輪をしていない方が、よほど不仲だと思われそうだが。

「詳しく説明している暇はないけれど、俺を信じてください」

「……はい」

よくわからないが不仲と噂《うわさ》されるのは今更だし、ウィリアムが言うのなら信じよう。アデルはちらりと自身の手を引くウィリアムの横顔を見ると、小さく息を吐く。

不思議な感覚だ。

この一年の白すぎる結婚生活では、ありえなかった気持ち。

今はウィリアムのことを信じようと……信じたいと思える。

「アデル、つらいですか？　もう少しゆっくりにしましょうか」

こうして気を配ってくれるのも、これまでを考えれば衝撃的な変わりようだ。それでも、その変化が心地良いと思ってしまう。

「いいえ。急ぎましょう」

ウィリアムに手を握られたまま、アデルは足を速める。

今は、この手のぬくもりに気を取られている場合ではないのだ。

回廊を抜けて石柱の間の扉をくぐると、そこには既に国王と三人の聖女、それから神官達と上位貴族の姿がある。

するとアデルの姿を見たブリアナが忌々《いまいま》しそうに口を開いた。

「黒の聖女が石柱の力を弱めて手引きしたから、王都に魔物が現れました。大聖女に相応《ふさわ》しくない――邪悪な聖女ですわ！」

正義を体現したかのような自信満々の様子は、いつも通りのブリアナだ。

これまではそれでも侯爵令嬢の聖女として信頼されていたのだろうが、さすがにこの主張を完全に信じる者はいないだろう。

「何の根拠があって、魔物を手引きしたと言えるのだ」

国王の問いに、それでもブリアナの表情は変わらない。

「以前に舞踏会で黒の聖女が暴れたのを、皆様ご覧になったでしょう？　あの時にも魔力を放出して石柱の力を弱めていましたわ。魔物が出現したのは黒の聖女が巡礼から戻った日。何かしたのは間違いありません！」

貴族達の一部が「確かに」と同意の声を上げた。もともとブリアナ寄りの貴族達はアデルやゾーイといった平民出の聖女には懐疑的だったので、予想通りの反応ではある。

「アデル様は悪いことなんてしません！」

貴族出身の聖女であるジュディが可愛《かわい》らしい声で叫ぶと、ブリアナに賛同していたはずの貴族達が気まずそうに目を背けた。

「黒の聖女はこの五年間、ほぼ一人で巡礼をこなしている。ここで王都に魔物を手引きする理由はないと思うが」

国王の言う通りだ。仮にアデルが王都に魔物を入れたいのなら、石柱の魔力を解放して弱めて魔物を手引きなんて面倒なことはしない。

ただ石柱を破壊すればいいだけだ。

だが、ブリアナは可愛らしい顔を歪《ゆが》めながら首を振る。

「邪悪な聖女に騙《だま》されないでください！　黒の聖女は夫であるウィリアム殿下と不仲で、更に不貞の噂もあります。聖女としても王子の妃としても相応しくありません！」

聖女の正当性では勝ち目がないと見るや、王子妃の立場を攻めてきたか。

不仲というのは周知されていたが、不貞という言葉に皆がざわめき始める。頭にくるのは、ちょっと納得した様子の貴族が多いことだ。貴族達の中では浮気やら愛人やらが普通のようだが、アデルからすれば絶対ありえない。

自分達の価値観で勝手に人の行動を決めつけられても困る。

「ああ、そんな噂になっていたのか。参ったな」

場にそぐわぬ明るい声音に一同が顔を向けると、ちょうどダドリーが石柱の間に入ってこちらに近付いてきた。少しばかり不自然に顔が腫れているが、全員の視線がその手に向かう。

これみよがしに掲げられた手に嵌められた指輪は、ウィリアムの色であるラピスラズリ――アデルの結婚指輪だった。

……まさか、そういう使い方をするとは。

呆《あき》れ半分怒り半分で何も言えずにいると、ウィリアムがため息と共にアデルの手をすくい取った。

「どうやら誤解があるようなので、こちらを見ていただけますか」

そう言って掲げたアデルの左手の中指には、ラピスラズリの指輪が輝いている。明らかにダドリーが持つ指輪と対のそれに、周囲から困惑の眼差《まなざ》しが注がれた。

「石柱巡礼の間、心は常に共にあるという意味を込めて、俺の指輪をアデルに渡していました。アデルの指輪は俺が持っていたのですが、王宮に戻ってから何者かに盗まれまして……まさか、兄上の仕業とは思いませんでしたよ」

「何だと？」

その場の全員の心の声を代弁したダドリーに、ウィリアムはにこりと笑みを返した。

「兄上がアデルにしつこく懸想しているのは知っていますが、彼女は俺の妻です。指輪は返していただきますよ」

穏やかな笑みのはずなのに放たれる圧は重く、ウィリアムに指輪を取り上げられたダドリーは睨《にら》むばかりで何も言えないようだ。

「な、何ですか。それ」

ダドリーがアデルの指輪を見せつけたのは、不貞疑惑を深めるため……聖女としてのアデルの価値を貶《おとし》めるためだというのはわかる。それを晴らすためにウィリアムが庇《かば》ってくれたのも。

だが、アデルに好意があるような流れはさすがにおかしい。

この場にはブリアナもいるというのに。

「ただの事実ですよ。本来はアデルと結婚するのは兄上でした。それを変更してもらうほど、俺は昔からアデルを愛しています。少しずつ仲を深め、今では指輪を交換するほどになりました」

あまりにもすらすらと説明されてしまい、口を挟む隙がない。

本来はダドリーと結婚とか知らないし、しれっと昔から愛しているとか言っているし。

もうどこまでが本当でどこからが嘘《うそ》なのか、わからなくなってきた。

「変更してもらう、だ？　よくもそんなことを言えたな。おまえが手を回して……」

「はい。兄上には快く辞退していただきました」

「快く!?　あれは辞退とは……」

「そうですね。どちらかといえば祝福です。ありがとうございます」

間髪入れずに答えるウィリアムをダドリーが睨みつけているが、一体何なのだろう。

するとニ人に割って入るように、ブリアナが出てきた。

「ああ、かわいそうなウィリアム殿下。邪悪な聖女に脅されているのですね？　わたくしが助けて差し上げます」

必要以上の上目遣いで訴えるブリアナの姿は、見た目だけで言えば可愛らしい部類に入ると思う。だが、当のウィリアムの目は冷ややかだ。

「赤の聖女が巡礼の証であるサインを盗ませようと黒の聖女の宮に送り込んだ者は、既に捕えています。今頃は自白していると思うので、覚悟してくださいね」

「……え？　な、何のことですか？」

目が泳ぐとは、きっとこういうことなのだろう。ブリアナは何度も瞬《まばた》きをし、落ち着きなく視線を彷徨《さまよ》わせる。

対してウィリアムの視線は揺るぎなく、力強い。

ということはキーリーが捕まえた泥棒は薬草ではなくて、サインを狙っていたのか。大聖女の試練では巡礼先の集落のサインを持ってくる指示だ。アデルのサインを奪って自分に有利にするつもりだったのだろう。

そんなことをしても自分が大聖女に相応しい力を得るわけでもないのに、馬鹿な真似《まね》をしたものである。

「アデルへの数々の暴言に窃盗未遂、聖女と石柱への信仰を妨げる行為……俺の命を狙うのも、手伝いましたか？」

ウィリアムがちらりとダドリーを見ると、それに気付いたらしい国王の眉がぴくりと動く。

「何ですか、それ。わたくしは殿下のことをお慕いして」

「ああ、そちらは知らされていないのですね。つまり兄上の単独行動……いや、あなたは捨て駒ということでしょう」

「捨て駒……？」

ブリアナが焦った顔でダドリーを見るが、その視線はウィリアムに向けられていて交わることはない。

「どうやら巡礼の疲れがまだ残っているようだな、ウィリアム。下がって休んだ方がいい」

「俺だけならともかく、アデルまで危険に晒《さら》したのですから。許すつもりはありませんよ」

王子二人の睨み合いに誰も口を出せずにいると、国王が咳払《せきばら》いで膠着《こうちゃく》状態を破った。

「色々問題はありそうだが、とにかくまずは判定が先だ」

そう、その通りだ。

不貞でも邪悪な聖女でも好きに言えばいいが、今は大聖女の試練が優先。国王がブリアナに惑わされる人間でなくて本当に良かったと、一国民として感謝を捧《ささ》げたい。

ざわついていた神官と貴族も、国王の言葉に落ち着きを取り戻し始めた。

「赤の聖女と黒の聖女、まずは巡礼ご苦労だった。大聖女の試練にあたって指示されていた巡礼した集落のサインをここに」

国王に促されてアデルが提出したサインは、三枚。対してブリアナが提出したサインは十枚。

その差に、貴族達がざわめき始める。

ブリアナは小細工してくるだろうとは思っていた。実際には小細工どころか堂々とサインを盗もうとしていたらしいが、それにしたってこれは酷《ひど》い。

得意げに胸を張るブリアナを横目に、アデルはため息をついた。

「試練の期間は三ヶ月。赤の聖女は私よりも先に王都に戻っているので、実際にはそれ以下。それで十ヶ所の石柱を回るのは、物理的にかなり厳しいと思うのですが」

「勝手な憶測でものを言わないでくれますか？　自分が乏しい成果だからといって、失礼ですわ」

完全に勝利を確信した態度だが、この自信はどこから生まれてくるのだろう。

アデルは壁にある地図の前に立つと、いくつもある赤い丸を指差す。

「この丸が石柱を表しているのは、皆様ご存じだと思います。ここが王都。そして、これが私が既に巡礼を終えている石柱です」

神官が慌てて用意してくれたピンを地図に刺していくと、あっという間に王都周辺はピンだらけになっていた。

「王都に一番近い石柱がここで、片道約十日。そこから一番近い石柱で更に十日。王都への帰り道を考えれば、どう考えても十ヶ所は不可能です」

「そんなものは推測でしかないでしょう？」

「そうですね。巡礼済みの石柱で王都に近いところだけを回れば可能です。既に満たされた石柱のある集落に行くことを、巡礼と呼ぶのかはわかりませんが」

『試練の内容は、三ヶ月間巡礼に出て石柱に祈りを捧げ、その集落の長《おさ》のサインをもらうこと』

神官が指示した内容だと満たされた石柱であろうとも、祈って別の集落に行けばいいとも受け取れる。聖女的にも倫理的にも無駄だしありえないが、判定するのは神官なのでどうなるのかはわからない。

「確かに、すべて推測でしかありませんね」

ウィリアムの呟《つぶや》きに、目に見えてブリアナの顔が明るくなる。

……やはり、ウィリアムはブリアナの味方なのか。

わかっていたことなのに、少しショックを受ける自分が情けない。

「巡礼先の出来事を知る方法が本人の報告だけでは、不正し放題でしょう。神聖なる大聖女の試練でそれは良くない。……ということで、事前に陛下にお願いして巡礼一行にはそれぞれ密偵をつけてもらいました」

それまでうんうんと笑顔でうなずいていたブリアナが、最後の一言でぴたりと動きを止めた。

「み、密偵……？」

『聖剣の主である俺が巡礼に同行するにあたって『聖剣の力で試練を有利にしたり、判定の邪魔になるようなことはしない』という条件を出されているので、その確認のためでもあります」

なるほど、と皆が納得している間に国王の元に何やら資料が届けられる。それを一瞥《いちべつ》した国王は、深いため息をついた。

「黒の聖女は本人の報告と提出されたサインの通り、三ヶ所の集落を回って石柱を黒く染めている」

何ひとつやましいことはないのに、密偵の報告と言われるとちょっとドキドキしてしまうのは何だろう。

「それに対して、赤の聖女は王都にほど近い町から一度も移動しておらず、サインはすべて偽物。また滞在した町の石柱は黄色のまま変わっていないし、そもそも一度も祈っていない……とあるが？」

黄色の石柱というからには、先代の黄の聖女が祈りを捧げたのだろう。まだ魔力が残っているのに行く意味もわからないが、町の石柱なら祈りを捧げた聖女の色に染まるはず。ということはブリアナはその町で一切祈っていないということになる。

小細工するだろうとは思っていたがここまでくると清々《すがすが》しいし、バレないと思っているのならただの馬鹿だとしか言いようがない。

「そ、それは、違います！」

何が違うのかは知らないが、相手は国王が遣わした密偵。さすがにブリアナの方を信じる人間はいないだろう。

すると国王から渡された資料に目を通していた神官が、深いため息をついた。

「不正に関しては別に調べるとして。大聖女の試練の判定は、サインの数ではありません。三ヶ月の巡礼という疲労の後に、直接その力を確認するものです」

神官はそう言うと、手のひらに乗る大きさの透明の石を取り出した。

「これは聖女の判定に使われる魔鉱石。要は守護の石柱と同じようなものと思っていただきましょう」

神官はゾーイの手のひらに石を乗せる。視線で促されたゾーイが祈りを捧げると、透明だった石はみるみる色づいて、青い輝きを放った。

「なるほど。四色の聖女の名にちなんだ色になるわけですな」

貴族達から感嘆の声と拍手が湧き起こる。当たり前の変化に対して随分と大袈裟《おおげさ》な反応で、少し不思議だ。

「王宮の石柱は常に灰色ですから、貴族達は色の変化を目にしたことがない人が多いのでしょう。俺も巡礼に出なければ、見ることはなかったと思います」

「そうなのですね」

ウィリアムの説明に、アデルはうなずく。

地方で聖女の巡礼にかち合わない限り色の変化を見る機会はないと考えれば、確かに珍しい光景だ。先程ダドリーも言っていたが、アデルの基準は巡礼で、王都に暮らす貴族とは感覚がまったく違うのだと思い知らされる。

続いてジュディの手のひらに青い石が乗せられ、神官に促されて祈るとその色は灰色に変化した。

「見ての通り、魔鉱石は聖女の魔力により色を変えます。そして通常、複数の聖女の魔力が混ざった状態では灰色になる。王都の守護の石柱が常に灰色なのは歴代の聖女の魔力が溜《た》め込まれているからです」

更に促されてジュディが祈ると、今度は灰色の石が黄色に輝いた。

「このように、既に色がついた石に更に魔力を注ぐと、より多い……要は強い力の色に変化します。この要領で王都の守護の石柱をより強い魔力で染めた方を実力が上と判じる、単純な力比べです」

あっさり言ってくれるが、手のひらサイズの魔鉱石と違って、相手は歴代の聖女の魔力を蓄積した王都の石柱だ。ちょっとやそっとの祈りで色に変化が出ないことは、わかりきっている。

巡礼帰りという体力気力魔力が消耗した状態でという前提条件からして、まったく優しくない。

百年間大聖女が出ないというのはつまり、王都の石柱の色を染め変える聖女は現れなかった、ということだったのか。

「まあ、やるしかないですよね」

気合いを入れるアデルに対して、ブリアナはどこからか取り出したアクセサリーを身に着け始めた。ジュディがブリアナの様子を「キラキラ」とか「ジャラジャラ」とか言っていたが、このことか。

ネックレスに指輪に髪飾り……そのほぼすべてが黒い石だ。

「それは私が魔力を込めた、聖女判定用の魔鉱石なのですよね？」

「な、何を失礼なことを！」

怒って否定しているようで、ブリアナの声は裏返っているし、明らかにそわそわと落ち着かない。神官が眉間に皺《しわ》を寄せているところを見ると、大聖女の判定に関わる高位の神官の中には、魔鉱石の横流しをした人物はいないらしい。

「ダドリー殿下が神殿の備品である聖女判定用の石を渡し、赤の聖女はその魔力を使って日々の務めを果たしていたと聞きました」

その場の全員が一斉にブリアナとダドリーに視線を向ける。ダドリーの方は笑みを湛《たた》えて知らんぷりしているが、ブリアナの顔色は一気に青ざめていく。

「う、嘘ですわ。わたくしを陥れようと」

「別に、それを使ってくれて構いませんよ？　石に込められた私の魔力を注ぐ以上、石柱が赤くなることはありませんけれど」

言われて初めて気が付いたのか、ブリアナはハッとした様子で口元に手を当てるが、すぐにアデルを睨みつける。

「不正のあれこれは置いておいて。まずは、祈りましょうか」

石柱の前にアデルが移動すると、少し遅れてブリアナもその隣に立つ。

本当にジャラジャラと悪趣味なほどアクセサリーを身に着けているが、その石はすべて黒い。

さすがに石を使うのは不利だとわかったらしく普通に祈り始めたが、それに伴い感じられる魔力は極端に弱い。

アデルは普段巡礼でほぼ王都にいない上に、ブリアナは割り振られたぶんしか祈らないので、祈りを見る機会はなかった。だがこれではゾーイが「最初から怪しい」と言っていたのもうなずける。

アデルはため息をつくと、守護の石柱と向き合う。

王都の石柱はそれ以外のものと比べて、大きさは約二倍。そして灰色に染まるその石に蓄えられている聖女達の魔力は、それ以上。

百年もの間この色が変化したことはないという事実が、アデルを少しだけ怯ませる。

すると誰かが背後に立った気配がし、肩にそっと手が添えられた。驚いて振り返るとそこにはウィリアムがいて、瑠璃色の瞳が優しく細められる。

「アデルなら、大丈夫です」

「……はい」

さっき、ウィリアムはアデルを愛していると言った。あれがこの場の方便だとしても、嬉しい。今も、こうして触れられて微笑まれるだけで力が湧いてくる。

アデルは石柱をまっすぐに見つめると、深く息を吸った。

ゾーイとジュディを、人々を、国を、そしてウィリアムを守るため。

石柱に、祈りを――――！

アデルの祈りと共に魔力が迸《ほとばし》り、眩《まばゆ》い光と電流が周囲に走る。石柱が輝きに包まれて光の塊になると、灰色だった石柱が次第に黒く染まり始めた。

……よし、いける。

貴族達の歓声を浴びながら祈り続けると、ついに石柱がすべて黒に変わる。

「――なんて酷い色！　やっぱり邪悪な聖女です！」

ブリアナが自身の祈りを止めてまでそう叫ぶのを見て何だかモヤモヤしたアデルは、ふと閃《ひらめ》いた。

黒を極めてギラギラに黒光りさせれば……むしろ七色なのでは？

名案を思いついて楽しくなってきたアデルは、気合いを入れて更に祈りを捧げ、魔力を注ぐ。

アデルの目論見《もくろみ》通り、石柱はどんどん黒さを増すと共にツヤツヤと輝き始め、ついに七色を内包する黒になった、その瞬間。

眩い光と共に、石柱は真っ白に染め上げられた。

「――ええ⁉」

思わずアデルは叫び、その場の全員が固まった。

瞬きを繰り返すアデルの前で石柱は白く輝き、光の球を楽しそうに飛ばしている。

「だ、脱色？」

色を与えすぎた結果、それを失ってしまったということだろうか。

聖女として散々石柱に祈りを捧げてきたが、こんなことは今までなかったのに。どうしたらいいのだろう。

動揺するアデルをなだめるかのように、ウィリアムの手が肩をそっと叩《たた》く。

「色がなくなったのなら透明になりますから、これは白くなっただけですよ」

「そ、そうですよね。白い部分を削ぎ落とすか、磨けば。中はまだ黒いはず」

「何で化粧みたいな扱いなのですか。落ち着いてください」

ウィリアムに背をさすられながら深呼吸するアデルとは対照的に、神官は落ち着いた表情で石柱を見上げている。

「『すべての色を持つ、守護の光を生む存在』……大聖女の証です」

その言葉に、ブリアナが神官を睨みつける。

「全然意味がわかりません！　黒の聖女の色ではないのですから、失敗でしょう!?」

今回ばかりはブリアナの意見に同意なのでアデルもうなずく。

「『四色の聖女』という名の通り、聖女の魔力はそれぞれに色を持ち、それが混ざった石柱は灰色に……黒っぽく濁っている、というのはご存じの通りです。ですが魔力は絵の具とは違います」

神官は嬉しそうに石柱を見上げると、ついでアデルに向き直った。

「すべての色を、魔力の光を混ぜると、その色は白になる。『すべての色を持つ、守護の光を生む存在』真の大聖女の異名は――白の聖女」

その言葉に導かれるように、神官達が一斉にアデルに向かってひざまずき、頭を垂れた。

「アデル・クード様は、百年ぶりに誕生した本物の大聖女です」

「……は？」

黒い石柱に白塗りした美白の聖女の間違いではと聞きたいのに、神官達の瞳が眩《まぶ》しくて何も言えない。

「し、白いのは、そんなに凄《すご》いことなのですか？」

色々聞きたいのに、口から出てきたのは何とも間抜けな質問だ。だが神官は何故か嬉しそうにそれにうなずき返す。

「他の色をすべて兼ね備えた、一段階上の魔力が放つ光ということです。英雄本来の力が発現した証拠とも言えますね」

「英雄、本来の……」

――この国には英雄と呼ばれる存在が二つある。

一つは、聖女。

祈りを石柱に捧げることで守護の結界を維持する、魔物に対する防衛の要。

そしてもう一つが、聖剣の主。

無類の攻撃力を誇る、聖剣という名の剣の正当な持ち主。

そのウィリアムが魔物を消し去った炎の色は――。

「聖剣の……白い炎」

思わず呟くと、神官がにわかにざわめいた。

「何と、聖剣の主も白い炎を生んだのですか!? 英雄が共に本来の力を手にするなど、千年ぶりの快挙です！」

「ああ、あれですか。あれは血飛沫《しぶき》を防ぐ……」

真実を話しかけたウィリアムの口を、アデルの手が慌てて覆う。

確かに魔物の血が飛ぶのを回避するための行動だったが、瞳を輝かせて喜ぶ神官達にそれを言うのは何だか憚《はばか》られる。

「も、もう少し穏便に……」

アデルの呟きにうなずいてくれたので手を離すと、ウィリアムはにこりと微笑んだ。

「あれは、アデルの願いを叶《かな》えたいという俺の愛が形になったものです」

「――はいぃ!?」

穏便にしろと言ったのに、何故そこで激しめの嘘になったのだ。

「アデルを想《おも》う心に、聖剣が応えてくれたのでしょう……」

いやいや、何をしっとりと瞳を細めているのだ。顔がいい上に演技派とか、厄介なだけではないか。

何だか神官達が手を取り合ってうなずいているのだが。

貴族達までもが歓声を上げているのだが。

本当にどうしてくれるのだ。

「さすがは英雄の夫婦。その絆《きずな》が真の力を生むのですね」

神官はそっと目頭を押さえているが、アデルとウィリアムが生んだのは絆でも力でもなく、真っ白な結婚生活だ。

大体、ずっと不仲で周知されていたのだから、おかしいとわかるだろうに。

するとと呆然《ぼうぜん》としていたブリアナがふるふると頭を振った。

「み、認めません。私が大聖女になるのです！　平民の孤児なんて汚らわしい。王子妃に相応しくない。わたくしが！」

ブリアナの訴えはただの子供の癇癪《かんしゃく》だ。

自分を優先してほしい、見てほしい、認めてほしい。

それを願うのは勝手だけれど、いちいち絡まれるこちらはたまらない。

「わかりました。では直接対決です」

「……え？」

「要は私が気に入らないのですよね。それなら拳……いえ、魔力で語り合おうではありませんか」

アデルは目を瞬《しばたた》かせるブリアナの手をぎゅっと握りしめると、ふと考えた。

普段は集落を守ってほしい、魔物の被害を減らしてほしいと祈っているが、この場合はどうしたらいいのだろう。別にブリアナを守りたいとは思わないし、何の目的もなく祈ったことがないので少しやりにくい。

「……そうだ。私は邪悪な聖女なのですよね」

それなら、邪悪なもの、いらないものをすべて消し去ればいい。

「え、ちょっと、ああ!?」

汚い声に構わず、握った手を伝ってアデルの魔力を一気にブリアナに流す。すると聖女判定用の石を使ったアクセサリーが一斉に白く輝き始め、そして高い音を立ててガラスのように砕け散った。キラキラと光を弾《はじ》く破片を浴びながら、ブリアナがぐったりと力なく崩れ落ちる。どうやら意識を失ったらしく、濃いめの紅が目立つ口からは泡まで吹いていた。

静まり返った石柱の間に、拍手の音が響く。

ダドリーは笑顔で手を叩きながら、アデルの目の前に立った。

「いやあ、見事。役立たずの聖女など不要だが、大聖女となると話は別。次期国王である俺の妃は無理だけれど、側妃にならできるかな」

「ダドリー、おまえに次期国王を名乗る資格はないはずだ」

「兄上の状態からして、ほぼ確定でしょう？　いずれ同じこと」

ダドリーのだいぶ失礼な態度に対して、それでも国王が言葉に詰まったところを見ると、第一王子の病というのはどうやら本当のことらしい。

「アデルは俺の妻だと、何度も言っていますが」

「黙れ、ウィリアム。嫌われているおまえの言葉に価値はない」

吐き捨てるようにダドリーがそう言うと、毒づかれたウィリアムは何故か笑った。

「言いましたよね、兄上。俺は既に『きらい』というアデルの致死攻撃を乗り越えたと」

いや待て、おかしい。そんなことを言っていないし、言ったところで何の意味も……あれ？

……そういえば、確か似たような会話を、どこかで……。


『体は何ともありません。ただ、人は三文字で気力を抹殺されるとわかっただけで』

『昨夜、ウィル様に何か言いましたか？　思い出せる三文字を並べてください』

『「でんか」「ふうふ」「りこん」「きらい」あとは……』

『……わかりました。確かに抹殺ですね。致命傷です』


アデルの背を、嫌な汗が流れる。致死攻撃ってまさか、アデルの一言でウィリアムはあれだけのダメージを負ったというのだろうか。

「嫌われたからなんですか。アデルはそこにいるだけで尊く、呼吸してくれることに感謝を捧げる存在。むしろ俺個人に対しての感情をわざわざ伝えてくれたことを喜ぶべき。――俺は死の淵《ふち》から這《は》い上がり、それを悟ったのです！」

ダメージ、負っていた。

それどころか一度死にかけていた。

もうここまでくると演技なのか何なのかわからないけれど、とりあえず怖い。

周囲の貴族どころか国王までもがちょっと引いている。物腰柔らかな美貌の王子が三文字で瀕死な上におかしな悟りを開いたのだから、無理もない。

「聖剣の主だからと調子に乗って、わけのわからないことを。どうせ、王位を狙っているんだろう？」

「王位に興味はありませんが、どちらがアデルに相応しいかははっきりさせておきましょう」

謎の瀕死と悟りを聞いて王位に興味があると解釈するダドリーも凄いが、それでアデルに相応しいのはどちらか決めると言い出すウィリアムもどうなのだ。

さすがは王族、思考の飛躍が常人の理解を超えている。

というか、何をもってアデルに相応しいと判断するのか、さっぱりわからない。

「ふん。どうせ聖剣頼みだろう？　卑怯《ひきょう》もいいところだ」

「聖剣が欲しいのなら、どうぞ」

ウィリアムは聖剣を鞘ごと手にすると、そのままダドリーの足元に投げた。見た目の割に軽い音なのは、刃がナイフ程度しかついていないからなのだろう。

「何だ、聖剣の主は引退か？」

ダドリーはにやにやと笑いながら聖剣を拾おうと柄に手を伸ばす。すると聖剣に触れたその瞬間、ダドリーは膝から崩れ落ちて床に手をついた。

「……何だ、これ」

青ざめた顔で汗をかくダドリーを見るウィリアムの目は冷ややかだ。いや、どちらかといえば、無関心に近いかもしれない。

「聖剣は誰でも触れるけれど、その魔力を吸います。普通なら即刻意識を失うレベルなので、主がいない時には保管場所の移動だけでも大騒ぎらしいですね」

ということは、普段ウィリアムはそれだけの魔力を吸われた上で聖剣を使っているのだろうか。主の魔力は吸わないという可能性もあるが、どちらにしても普通ではない。

「使うのなら、どうぞ」

「いらん！」

そう言うとダドリーは近くにいた騎士の剣を抜き、聖剣を刃《やいば》で突いて遠くに転がす。貴族達の足元まで転がったそれに、ちょっとした悲鳴が上がった。

「聖剣を手放したのはちょうどいい。あれさえなければ、おまえは何もできまい」

そう言うと、歩み寄ってきたダドリーは手にした剣をウィリアムの目の前に突き付けた。

「おまえから提案したことだ。怪我《けが》をさせたくはないが、手元が狂っても許してくれよ？」

「巡礼中に殿下を襲った卑怯者が、白々しい！」

ウィリアムに向けられた刃を押しのけてアデルが睨むと、ダドリーは困ったように微笑んだ。

「君は本当にまっすぐだな。邪魔なものがあれば、それを排除する。ごく当たり前のことだろう？　ウィリアムだってそうやって君を手に入れた……なあ？」

どういう意味なのかわからずウィリアムに顔を向けると、そこには口元を手で覆って頬を染める美青年の姿があった。

「……アデルが、俺を、庇った。……心配、してくれました……！」

背後に「じーん」という感動の音が見えそうなほどに瞳を潤ませたウィリアムは、拳を胸のあたりで握りしめて何らかの余韻に浸っている。

「え……殿下？」

何だかおかしな様子に、アデルもどうしたらいいのかわからない。

「……もう死んでもいい」

「それなら、死ねよ！」

叫びと共に剣を持って思い切り振りかぶるダドリーの一撃を、ウィリアムはほんの少し体を傾けることでかわす。

「俺なんかのために、アデルの手を煩わせるなんて。怪我はありませんでしたか？」

「くそ！」

剣を構え直したダドリーは更に剣を突き出し、そして薙《な》ぎ払う。だがウィリアムは一切それを見ることなく、風のように避《よ》けた。

「アデルが傷つくくらいなら、俺が死にます」

「だから、死ね！」

ダドリーの動きからして滅多刺しにされてもおかしくないというのに、ウィリアムには傷一つつかないどころか髪一筋さえも触れていない。

「ええと……とりあえず、死なないでください」

「アデルがそう言うのなら——ああ、邪魔ですね！」

歓喜の声を上げたかと思うと、ウィリアムはダドリーの剣をかわしてその背に思い切り肘を落とす。うつぶせの状態で勢いよく床に叩きつけられたダドリーの横に、カラカラと音を立てて剣が転がった。

「アデルの声が聞こえないでしょう。……消しますよ？」

そのあまりにも速い動きと、常では考えられない低い声に、アデルをはじめとした一同が震える。

自分の身を守るために反撃するならともかく、アデルを理由に叩きのめすのはやめてほしい。しかも一足飛びで消そうとしているのだが。せめて「殺すぞ」くらいで収めておいてくれないと、逆に実行しそうで怖い。

うつぶせのまま呻いているのでダドリーに意識はありそうだが、この調子だとある日思い立って消しかねない気がしてきた。

とりあえず一番危険な聖剣を、どうにかした方がいい。

「まったく、何と愚かな。ダドリーと赤の聖女は自室での謹慎を命じる。追って沙汰するまで待て！」

国王の言葉を背に、アデルは飛ばされた聖剣のところに駆け寄る。拾おうと柄を掴《つか》んでから、そういえば魔力を吸われて倒れるのだったと思い出した。

だが意識が遠のくこともなく、特に何の変化もない。

ただの少し軽めの剣だ。

「何ともない、ですね」

不思議に思いながら手にした聖剣を眺めていると、ウィリアムが近付いてくる。

「アデルは十分すぎる魔力持ちですから。それにアデルを害するようなら……許しません」

妙に迫力のある最後の一言に、アデルの手の中の聖剣が震えたような気がした。

「え、剣が忖度《そんたく》したのですか？」

聖剣の主というのは聖剣に認められた使い手だと思っていたが、何だか一方的に圧がかかっている気がしてならない。

ウィリアムの手に聖剣を返すが、剣が緊張していると感じたのは初めてだ。

「おまえ達……」

何だか汚い声が聞こえたと思えば、床にへばりついていたはずのダドリーが立ち上がってこちらを睨みつけている。聖剣の力は使われていないとはいえ、何度も倒されたのに意外と打たれ強いのはさすが王族というべきか。

だがこの様子では何も反省していないし、恐らくは同じようなことを繰り返すのだろう。国王に悪行がバレたので何らかの罰は与えられるのだろうが、このままだとその前にウィリアムが消しかねない。

それに、アデルとしてもそれなりに腹に据えかねるものがあった。

「おぼえていろよ……」

「嫌です」

アデルの即答に、何故かダドリーは驚いた様子で目を見開いている。

自分は散々色々したくせに、反撃されないと思うのはお門違いというものだ。

「殿下の命を狙い、石柱巡礼を妨げた上に、側妃になれ？　冗談じゃありません」

アデルはにこりと微笑むと、光を放ち始めた拳を掲げた。

「聖女のくせに、暴力に訴えるのか!?」

「失礼な。私は守護の石柱に祈りを捧げる聖女ですよ？　この力は紛《まが》うことなき防御の力です」

「……守りすぎて、魔物すら弾き飛ばす爆弾のようなものですけどね」

ぼそっと付け加えられたウィリアムの言葉に、ダドリーの顔から血の気が引く。アデルの拳は輝く白い光に包まれ、パチパチと火花が飛び始めた。

さすがに身の危険を察したのだろう。慌てて走り出すダドリーの姿は、猟犬の前で背を向ける獲物に等しい。

「あら。邪悪な大聖女から逃げられるとお思いですかぁ？」

アデルは笑みと共に拳を振り下ろし、それと同時に魔力が飛んでダドリーの背に命中する。

見事としか言いようのない吹っ飛び方で貴族の中に突っ込むダドリーに、周囲には悲鳴がこだました。

拳に纏《まと》わせた魔力を解いて足がふらつき転びそうになったアデルを、ウィリアムが抱きしめて支えてくれる。だがしかし、どんどん体は重くなり瞼《まぶた》が閉じていく。

……ああ、さすがに魔力を使いすぎたらしい。

優しい腕に包まれて、アデルはそのまま意識を失った。

エピローグ

目を開けると、アデルは自室のベッドに横たわっていた。

ゆっくりと顔を横に向ければ、窓の外には夜空に輝く月が見える。

窓辺に立つ青年の銀の髪は光を紡いだかのように美しく、アデルはただぼうっとその姿を眺めた。

アデルの寝室にいるはずのない人、白すぎる結婚生活を送った夫。

月光を浴びるウィリアムの横顔を見ながら、アデルはゆっくりと息を吐いた。

「アデル。目が覚めましたか」

ウィリアムはアデルが体を起こすのを手伝い、背に枕を入れてくれる。相変わらず手際がいいなと感心していると、その美しい表情が見る間に曇っていく。

「痛いところやつらいところはありますか？　聖剣に触れたせいで、魔力切れになったのなら、こんな剣など折って――」

穏やかな声のまま机に置いてあった聖剣に向かうウィリアムの手を、慌てて掴《つか》む。

「お、折らないでください！　英雄の証《あかし》は大切に！」

「ですが」

「守護の石柱を白くして、ダドリー殿下をぶっ飛ばしたせいなので！　聖剣は無実なので！」

手を離したら、次の瞬間に聖剣は真っ二つになる。

その根拠のない絶対の確信がアデルの手に力を込めさせ、同時にウィリアムの表情が緩んでいく。

「アデルがそう言うのなら。……責任は兄上に取ってもらいましょうか」

ダドリーの身に何が降りかかるのかはわからないし、知りたくない。

聖剣や守護の石柱が折られるよりはマシなので、どうにか自力で生き延びていただこう。

「私はどれくらい寝ていたのでしょう。あの後どうなったのですか？」

ウィリアムはアデルの手をそっと毛布に置くと、そのまま机の上のコップに水を注ぐ。

「今はちょうど日付が変わる頃です。アデルが倒れた後に舞踏会も解散し、色々と取り調べが行われました」

アデルに水の入ったコップを渡すと、ウィリアムはベッドの横の椅子に腰を下ろした。ただそれだけの仕草でも夢のように美しいので、思わずじっと眺めてしまう。

「ブリアナ・リントン侯爵令嬢が身に着けていたのは、神殿に保管されていたはずの聖女判定用の魔鉱石だと確認されました。赤の聖女としてギリギリの魔力だったものを、アデルの魔鉱石で底上げして今まで誤魔化していたようです」

そうだ。そもそも聖女として認められていたのだから、弱くても魔力自体はあったはずなのだ。

「今後も結局は王宮の石柱に祈るのが精一杯、でしょうね」

「いいえ。リントン侯爵令嬢はアデルとの直接対決という名の洗礼を受けて、魔力がゼロになりました」

「……はい？」

水を飲んでいたアデルの手が止まり、ちゃぽんと揺れた水滴が頬にかかる。

「恐らくは防御しすぎて弾《はじ》く性質が、リントン侯爵令嬢の魔力自体に影響したのでしょう。彼女は既に聖女ではありません」

「そ、そうですか」

あれだけの不正をしたブリアナを聖女として残すのも問題だろうし、かえって良かったのかもしれない。聖女に空席ができたからにはどこかに新たな聖女が出現するはずだが、見つかるまでの間は三人だけ。

……まあ、今までと同じようなものなので特に気にはならない。

ふと、ウィリアムが腰を浮かせる。何事だろうと見ていると、アデルの持っていたコップを受け取って机に置き、取り出したハンカチでアデルの頬を優しくなぞった。

「水が飛んでいたので」

「あ、ありがとうございます……」

それなら言ってくれれば自分で拭いたし、別に濡《ぬ》れっ放しでも構わなかった。そうは思うけれど、気遣いとその穏やかな眼差《まなざ》しにドキドキしてしまい、心を落ち着けようと視線を逸《そ》らす。

「今回の不正や盗難に加えて、今までのアデルへの嫌がらせの数々の証拠も提出したので、貴族令嬢としても生きられないでしょうね」

「嫌がらせ、ですか？　身に覚えはないのですが」

嫌味なら散々言われたし、態度が悪いのも見てきたけれど、嫌がらせと呼べるほどの何かをされた記憶はない。

「当然です。俺だけで不足があってはいけないからとキーリーを配置しました、アデルに傷一つ許すものですか」

「キーリーが来たのは殿下との結婚後なので……ブリアナはその頃に何かしたということですか？」

アデルは聖女と認められてからすぐに王宮入りして、黒の聖女の宮を与えられている。ウィリアムとの結婚は一年前なので、最近になってブリアナが悪事を働き出したということか。

「いいえ。リントン侯爵令嬢はもちろん、アデルにちょっかいを出そうという不届き者は当初から存在しました。なので裏で始末……いえ、処理……その、説得を少々……」

気まずそうに目を伏せる様は絵面としては美しいが、言っていることが何だか不穏だ。

じっと見つめるアデルの視線をかわすように、ウィリアムは咳払《せきばら》いをする。

「兄上は数々の不正と俺の命を狙った些事《さじ》に加え、アデルを側妃にすると言って触れた大罪で処罰は重くなります」

「……何だか罪の位置がおかしくありませんか」

「そうですね。処刑でも生ぬるいと思います」

同意されているようで、まったく噛《か》み合っていないのだが。気のせいだろうか。

「神殿への賄賂や不正行為、聖女と石柱への信仰を妨げる行動、それから俺への襲撃に関しての証拠が既に揃《そろ》いましたから。少なくとも王位継承権の剥奪は間違いないでしょう」

「では、聖女や予算を減らすことはないのですね」

ダドリーの悪行自体はアデルが口を挟めるものではないが、聖女に関してだけは切実だ。

「もちろんです。陛下は早急に新しい聖女を探すと言っていました。これでアデルの負担が少しでも減るといいのですが」

国王がそう言ってくれたのなら、まずは一安心。あとは運次第なので焦っても仕方がない。

「巡礼自体は嫌いではないので、構いません」

体調不良のゾーイや幼いジュディを巡礼に出すわけにはいかないし、どうせ今までもアデル一人だった。これからも気長に回っていけばいい。

だがウィリアムの表情は芳しくない。

「俺も毎回同行できるわけではないので、心配ですし……できれば、アデルと離れたくありません」

アデルに向けられる瑠璃色の瞳には、確かに心配する心が感じられる。その言葉も態度も、まるで大切な人を想《おも》うかのように優しい。

だからこそ、その矛盾がつらい。

「私と殿下の結婚は、英雄同士の囲い込みであり政略的なものです。……殿下は、ブリアナが好きなのですよね？」

――ついに、言ってしまった。

口にするまでもない事実だけれど、それでもこんな風にウィリアムに優しくされたら、いつか勘違いして迷惑をかけてしまう。

その前に、きちんと現実を確認しておかなければ。

だが覚悟を決めたアデルに対して、ウィリアムは口をぽかんと開けて固まっていた。

かと思うと、すぐに眉間に皺《しわ》が寄る。次第に周囲の温度を下げる何かを発しながら、黒いとしか形容できない笑みを浮かべた。

「あの女がアデルに吹き込んだのですか。それとも兄上ですか。――ちょっと、消してきます」

聖剣に手をかける表情が怖いし、鞘《さや》の隙間から見たら死んでしまいそうな光が漏れているのだが。

聖なる剣ですよね、と問い質《ただ》したいほどの禍々《まがまが》しい何かが漏れかけているのだが。

これは、駄目なやつだ。このままでは聖剣が魔剣に転職待ったなしである。

というか、その前に魔王が爆誕してしまう。

「う、噂《うわさ》で、殿下の好きな人は聖女だと聞いたのです」

どうにか気を逸らさなくてはと必死に話しかけると、ウィリアムの動きがぴたりと止まる。

「だからブリアナのことが好きで、巡礼要員として私が便利だから離婚したくないのだと思っていました。元婚約者候補のブリアナを、今でも想っているのだろう、と」

ほぼ魔剣な聖剣を手にしたままのウィリアムは、アデルを見つめ、そしてがっくりとうなだれた。

「まず、リントン侯爵令嬢はどうでもいいです」

「ええと……それは何となくわかりました」

聖剣な魔剣で消しそうになるくらいだし、好意がないというのは間違いないのだろう。

だが、そうするとウィリアムの態度の急変はブリアナのための演技、という仮説が成り立たない。

アデルの困惑が伝わったのか、ウィリアムはため息をつくと聖剣から手を離す。鞘から漏れるおかしな光が消えたことに安堵《あんど》していると、アデルの手にそっとウィリアムの手が重ねられた。

「俺が今アデルに対して口にしているのは、本心です」

その眼差しも、言葉も、きっと偽りのないものだ。だが、それでは納得できない。

「だって、今まで白い結婚だったでしょう？　私には無関心だったじゃありませんか」

「それは――アデルがそう望んだからです」

いよいよ理解を超える言葉に、アデルはただ目を瞬《しばたた》かせることしかできない。

「俺は、聖剣の主です。その攻撃力の高さゆえに、化け物扱いされることも多かった。だからずっと他の人を守り、傷つけないように手加減して生きていました」

「化け物……」

聖剣の圧倒的な力は、アデルも目にしている。ウィリアムの人柄を知っているからアデルは平気だけれど、確かに何も知らずに戦う様だけを見たら怯《おび》える人がいてもおかしくはない。

それでも少し悲しくなってうつむくと、慰めるかのようにウィリアムの手がアデルの手をそっと撫《な》でた。

「アデルは俺を魔物から助けた上に、心配をしてくれました。聖女の判定時にはその圧倒的な魔力に畏怖しました。……どちらも、人生で初めてのことです」

そこまで言うと、ウィリアムは手を離し、自身の胸元で拳をぎゅっと握りしめる。

「そして、天使が舞い降りたかのような眩《まばゆ》い笑顔で言ったのです。『これからよろしくお願いします』と――！」

「……それ、普通の挨拶ですよね？」

うっとりと目を細めるウィリアムには悪いが、感動する要素がどこにもない。

「アデルにとってはそうでも、俺には人生を一変させる一言でした。あの時、俺はすべてをこの人に捧《ささ》げようと決めたのです」

急に重いのだが。

初対面の話とは思えない重さなのだが。

「殿下のお話だと、まるで私のことが好き……みたいに聞こえます」

意を決してそう口にすると、ウィリアムはゆっくりと頭を振った。

「もはや、好きという言葉で表せる存在を超越しています。生きていることに感謝を捧げ、姿を見られるだけでも僥倖《ぎょうこう》。今回の巡礼は四六時中アデルを楽しめるという、夢のような時間でした」

「それじゃあ何故《なぜ》、誓いのキスすらしない白い結婚になるのですか」

ここまでの話と態度を見ていて、ウィリアムがアデルに好意的なのはよくわかった。だがこの一年間が白すぎるにもほどがある真っ白な結婚生活だったのも事実。

そのちぐはぐさが、どうしても理解できないし納得できない。

「俺は、アデルと結婚できるのが嬉《うれ》しくて。結婚したら思う存分愛を伝えていいのだと、楽しみにしていました。ですが……」

そこまで言うとウィリアムは少し目を伏せ、そして困ったように微笑《ほほえ》んだ。

「アデルは『聖女として働くので、どうぞお構いなく』と言いました。俺との結婚は聖女の務めの一環でしかないのだと悟り、アデルに負担をかけないよう最低限の関わりにしたのです。……陰から見守り、ちょっかいを出そうとする者を排除し、疑わしい者には手を回し、思い知らせ、必要なら消して……」

「ちょ、ちょっと待ってください。後半が急に怖いです」

途中までは切ない雰囲気だったのに、聞いているこちらの情緒が置いてきぼりである。

「万が一にもアデルが気に病まないように、気付かれないようにしましたよ？」

首を傾《かし》げる様は「褒めて」と催促する犬のように可愛《かわい》らしいが、内容がおかしい。

「ええと、つまり――私のせい、ですか」

物腰柔らかな紳士の王子が急に無関心な夫になったと思っていたら、まさかの原因だった。

「アデルは悪くありません。俺がくだらない噂を潰しきれていなかったせいですから。これからは噂になる前にその元凶を速やかに……」

「つ、つまり私のことを好きなのですよね？」

何だか怖い気配を感じたアデルは、慌てて問いかけて言葉を止める。するとウィリアムはきょとんと目を丸くし、そしてゆっくりと口元を綻ばせた。

「アデルのことが――大好きです」

まっすぐに告げられた言葉に、鼓動がどくんと跳ねる。

「私、殿下のことは嫌いじゃありません。前よりも親しみが湧いてるし、そばにいて安心します。……でも、殿下の『好き』に見合う気持ちではないような気がして」

「それでいいですよ。どれだけ時間がかかろうとも、アデルのためなら待てます。そもそも俺の愛がアデルを下回ることはないので、気にせず愛されてください」

もはや何でも受け入れると言わんばかりだが、それでは困る。

アデルはため息をつくと、ウィリアムをじっと見据えた。

「約束してください。私の言葉に翻弄されず、我慢しないこと。互いに正直に話をしましょう。夫婦ならそれが普通ですよね」

「愛していいし、正直になっていいのですか!?　アデル、本当に女神……！」

ウィリアムが感極まった様子で口元を押さえている。微妙に食い違っている気がするし、若干怖いのだが。何か間違ってしまったかもしれない。

「で、では……結婚の誓いをやり直したいです」

どんな重い要望が来るのかと少し怯えていたら、何とも可愛らしい望みだ。

うなずいたアデルがベッドからおりて立ち上がると、その手を取ったウィリアムが左手の薬指にラピスラズリの指輪を嵌《は》めた。

いつの間にかアデルの指から外されていた指輪は、ウィリアムの左手の薬指におさまっている。ウィリアムは満足そうに二つの指輪を見つめ、そして指輪と同じ瑠璃色の瞳をまっすぐにアデルに向けた。

「ウィリアム・クードは、生涯アデルを愛すると誓います」

それは一度、結婚式で交わした言葉。

だが今回は本当に心から言っているのだとわかって、胸の奥が何だか熱くなってきた。

「私も、殿下を……」

「待ってください、アデル。そこは名前で呼んでほしい」

名前と言われても、どう呼べばいいのだろう。

「ウィリアム殿下……ウィル様……ウィリアム様……」

順番に呼び方を変えるけれど、どれも首を横に振られてしまう。

あと、残る呼び方となると。

「……ウィリアム」

その名を口にした瞬間、ウィリアムはとろけるような笑みを浮かべる。正解したのもウィリアムが喜んでくれるのも嬉しいけれど、その何倍も恥ずかしいのは困ってしまう。

「アデル・クードは、生涯、ウィ、ウィリアムを、愛することを……誓います」

何だこれ、心臓がバクバクして仕方がない。

どうにか落ち着こうと深呼吸しても、鼓動は跳ねるばかりだ。

「ありがとうございます、アデル」

胸が苦しいアデルに追い打ちをかけるようにウィリアムは頬を撫で、そうしてゆっくりと唇を重ねた。

――一年越しの、結婚の誓いのキス。

何だかちょっと感動して余韻に浸るアデルの額に、頬に、次々とウィリアムの唇が落とされる。チュッというリップ音が耳元に届いて、恥ずかしさが倍増だ。

「ちょ、ちょっと待ってください！」

「駄目ですか？　今までのぶんもたくさんアデルに触れたいし、愛したいです」

どうにか距離を取ろうとウィリアムの胸を押すけれど、びくともしない。それどころか、より強く抱き寄せられてしまう。

そもそも顔面が国宝なのに耳元で囁《ささや》かれてキスされたら、とてもじゃないけれどアデルの身がもたない。

「少しずつ、順番です！」

必死に訴えるアデルの頬を撫でながら、ウィリアムはにこりと微笑む。

「わかりました。……いずれは、もう片方もやり直しさせてくださいね」

「は、はい!?」

結婚にあたって履行されなかったのは、誓いのキス。それから形だけの初夜。

結婚の誓いは今やり直したとすると。もう片方というのは、つまり……。

夫婦としては当然ではあるけれど突然のことに驚きすぎて、顔が赤くなるのを止められない。

熱を持った頬をウィリアムの指が楽しそうに撫で、そのままアデルの唇をゆっくりとなぞる。

「初めて会った時からずっと、あなただけを愛しています。――逃がしませんよ、俺のアデル」

一年前と同じ美しい月の夜――二人の影はいつまでも一つに重なっていた。

あとがき

こんにちは、西根羽南です。

「邪悪な聖女は白すぎる結婚のち溺愛なんて信じない」を手に取っていただき、ありがとうございます。

政略結婚の夫に無関心を貫かれながらも、聖女としての務めを果たしていたアデル。

ある時、アデルは疲労と飲酒と理不尽から「愛されたい」と叫んでひと暴れします。

すると無関心だったはずの夫が突然甘々にキャラ変し、「俺が愛します」と言い出して……!?

聖女と聖剣の主という、最強英雄夫婦のすれ違いラブです!

可愛すぎるアデルと色気たっぷりのウィリアムを描いてくださった由貴海里先生。

ウィリアムの変態……愛情深さを許容してくださった担当編集様。

書籍発売に関わる皆様と、いつも協力してくれる家族と猫。

そして読者様に感謝を込めて。

「白すぎる結婚」楽しんでいただけますように。

IRIS ICHIJINSHA

邪悪《じゃあく》な聖女《せいじょ》は白《しろ》すぎる結婚《けっこん》のち溺愛《できあい》なんて信《しん》じない

愛《あい》されたいと叫《さけ》んだら、無関心王子《むかんしんおうじ》が甘々《あまあま》にキャラ変《へん》しました

2023年7月1日　初版発行

著　者■西根羽南

発行者■野内雅宏

発行所■株式会社一迅社
〒160-0022
東京都新宿区新宿3-1-13
京王新宿追分ビル5F
電話03-5312-7432（編集）
電話03-5312-6150（販売）

発売元：株式会社講談社
（講談社・一迅社）

印刷所・製本■大日本印刷株式会社

ＤＴＰ■株式会社三協美術

装　幀■今村奈緒美

ISBN978-4-7580-9565-5

この本を読んでのご意見
ご感想などをお寄せください。

おたよりの宛て先

〒160-0022
東京都新宿区新宿3-1-13
京王新宿追分ビル5F
株式会社一迅社　ノベル編集部
西根羽南《にしねはなみ》 先生・由貴海里《ゆきかいり》 先生